▌兰州大学与甘肃中医药大学横向协作项目 项目编号 411000-971200066

▌兰州大学“双一流”建设资金项目之“丝绸之路语言文学文献与活态文化传承创新”项目

▌中央高校基本科研业务费专项资金资助项目 项目编号 223000-862729

苏轼诗文涉医文化
文献辑要

丛 书 主 编　王海燕　庆振轩
丛书副主编　张志明　杨许波
本 书 主 编　庆振轩　李孟霏

蘭州大學出版社
LANZHOU UNIVERSITY PRESS

图书在版编目（CIP）数据

苏轼诗文涉医文化文献辑要 / 庆振轩，李孟霏主编
. -- 兰州 ：兰州大学出版社，2020.5
（中国古代文学涉医文化文献辑要 / 王海燕，庆振轩主编. 第一辑）
ISBN 978-7-311-05769-5

Ⅰ. ①苏… Ⅱ. ①庆… ②李… Ⅲ. ①宋诗一诗集②古典散文一散文集一中国一北宋③中国医药学一文化一文献一汇编一中国一北宋 Ⅳ. ①I214.412②R2-05

中国版本图书馆CIP数据核字(2020)第064496号

责任编辑 钟 静
封面设计 王 挺

书 名 苏轼诗文涉医文化文献辑要
中国古代文学涉医文化文献辑要(第一辑)
作 者 王海燕 庆振轩 丛书主编
庆振轩 李孟霏 本书主编
出版发行 兰州大学出版社 (地址:兰州市天水南路222号 730000)
电 话 0931-8912613(总编办公室) 0931-8617156(营销中心)
0931-8914298(读者服务部)
网 址 http://press.lzu.edu.cn
电子信箱 press@lzu.edu.cn
网上销售 http://lzup.taobao.com
印 刷 西安日报社印务中心
开 本 700 mm×1000 mm 1/16
印 张 14.5(插页2)
字 数 194千
版 次 2020年5月第1版
印 次 2020年5月第1次印刷
书 号 ISBN 978-7-311-05769-5
定 价 36.00元

总 序

不为良相且良医

中医药文化源远流长，博大精深，毛泽东在1958年给卫生部的一份报告的批示中写道：中国医药学是一个伟大的宝库，应当努力发掘，加以提高。而我们对于这个“宝库”的认知，是从撰写“苏轼与医学文化”的系列论文不断加深的。

面对浩瀚汪洋的“苏海”，我们从“苏轼与医学文化”这一独特角度入手，在搜集苏轼相关诗文后，撰写了《千金不换囊中术，上医元自能医国——苏轼与医学文化探论之一》《胸次岂无医国策，囊中幸有活人方——苏轼与医学文化探论之二》《卫浴·养生·浴德·净心——苏轼与沐浴文化探论》三篇论文，并先后在苏轼研究学人会第十九届、第二十一届年会发表。“苏轼与医学文化”系列论文受到学界同行关注并给予好评，第二十三届苏轼研究年会常州会议即将苏轼“养生、医学文化”列为会议议题之一。

我们对于“苏轼与医学文化”的探研主要从三个层面展开：苏轼的医国之志、医国之能与毕生的努力奋斗。苏轼在其一生的政治生涯中，有意识地将医道医理与治政之道结合，以医喻政，针对现实政治，在仁宗朝、神宗朝、哲宗朝不同时期，因时因事，对症下药，雄论堪医国，形成其论政为文的独特风貌。

忠言似药偏医国，苏轼的医国之言见赤诚之心亦见其对于现实政治的深刻剖析与真知灼见，且医道与治国之道、医理与政见水乳交融。要言不烦，成为议政论证之佳作。如其《盖公堂记》写道：

> 始吾居乡，有病寒而咳者，问诸医，医以为蛊，不治且杀人。取其百金而治之，饮以蛊药，攻伐其肾肠，烧灼其体肤，禁切其饮食之美者。期月而百疾作，内热恶寒，而咳不已，累然真蛊者也。又求于医，医以为热，授之以寒药，旦朝吐之，暮夜下之于是始不能食。惧而反之，则钟乳、乌喙杂然并进，而瘭疽痈疥眩瞀之状，无所不至。三易医而病愈甚。里老父教之曰："是医之罪，药之过也。子何疾之有？人之生也，以气为主，食为辅。今子终日药不释口，臭味乱于外，而百毒战于内，劳其主，隔其辅，是以病也。子退而休之，谢医却药而进所嗜，气完而食美矣，则夫药之良者，可以一饮而效。"从之，期月而病良已。
>
> 昔之为政者亦然。吾观夫秦自孝公以来，至于始皇，立法更制，以镌磨锻炼其民，可谓极矣。萧何、曹参亲见其斫丧之祸，而收其民于百战之余，知其厌苦憔悴无聊，而不可与有为也。是以一切与之休息，而天下安。（《苏轼全集校注》，第1079页）

而为萧、曹建言"治道贵清静而民自定"者即盖公也。洪迈认为："是时熙宁中，公在密州，为此说者，以讽王安石新法也。其议论病之三易，与秦汉之所以兴亡治乱，不过三百言而尽之。"（《容斋五笔》卷四《东坡文章不可学》）而"以医为喻，起尽议论，却将正意一证"（茅坤《苏文忠公文钞》）。

尤为令人感佩的是，苏轼一生抒写胸中医国之志是其诗文创作的自觉追求，所作诗文要"皆有为而作，精悍确苦，言必中当世之过，凿凿乎如五谷必可以疗饥，蕲蕲乎如药石必可以伐病。"（《凫绎先生诗集序》）在东坡的政治追求中，古今良相即良医，所以在唐代贤相中他最为尊崇陆贽的医国之术。

元祐八年（1093）五月，在《乞校正陆贽奏议上进札子》中针对时政再一次对症下药，略谓：

> 窃谓人臣之纳忠，譬如医者之用药，药虽进于医手，方多传于古人。若已经效于世间，不必皆从于己出。
>
> 伏见唐宰相陆贽，才本王佐，学为帝师。论深切于事情，言不离于道德。智如子房而文则过，辩如贾谊而术不疏，上以格君心之非，下以通天下之志。但其不幸，仕不遇时。德宗以苛刻为能，而贽谏之以忠厚；德宗以猜疑为术，而贽劝之以推诚；德宗好用兵，而贽以消兵为先；德宗好聚财，而贽以散财为急。至于用人听言之法，治边驭将之方，罪己以收人心，改过以应天道，去小人以除民患，惜名器以待有功，如此之流，未易悉数。可谓进苦口之药石，针害身之膏肓。使德宗尽用其言，则贞观可得而复。

苏轼与吕希哲等人认为陆贽奏议“聚古今之精华，实治乱之龟鉴”，期望其“必能发圣性之高明，成治功于岁月”。但对于已成见在胸的哲宗而言，苏轼们的良苦用心，他“听而不受，受而不信，信而不行”，历史已经走到了新的转折点。

于是“知其不可为而为之”的苏轼，于《朝辞赴定州论事状》中再一次告诫哲宗：

> 臣又闻为政如用药方，今天下虽未大治，实无大病。古人云：“有病不治，常得中医。”虽未能尽除小疾，然贤于误服恶药、觊万一之利而得不救之祸者远矣。臣恐急进好利之臣，辄劝陛下轻有改变。故辄进此说，敢望陛下深信古语，且守中医安稳万全之策，勿为恶药所误。实社稷宗庙之利，天下幸甚。

尽管此时肺腑之言，对于哲宗已如秋风之过耳，全然不起作用，然而苏轼以医喻政的拳拳爱国之心铭刻在历史上，其系列雄文为后人珍视。正是从相近角度考虑，韩昌箕精选了苏轼策论百篇，并高度评价说：

> 东坡先生集中所著策论一百余篇，羽翼经史，阐析理道，近裨时务，远备边功，当时仁庙读之，未尝不叹为奇才。至其因时制宜，视病发药，在嘉祐则务变更，在熙宁则务安静，在元祐则主免役，一是之从而不徇人为爱憎。仁人之言，其利溥矣。（韩昌箕：《苏文忠公策论选叙》）

其言苏轼不同时期的政论、策论“因时制宜，视病发药”，匡救时弊，利在天下，是很中肯的评价，也表明了苏轼“上医医国”的目的所在。正因为苏轼的医国之志与医国之能蕴含于胸中而外化为诗文，出自苏门在诗坛与苏轼并称“苏黄”的黄庭坚对于东坡充满了政治上的期待，赋诗曰“诚求活国医，何忍弃和缓”（《见子瞻灿字韵和答三人四返而愈崛奇辄次其韵寄彭门三首》之三《黄庭坚诗集校注》，第912页）。

面对“苏海”，时有钦服敬畏之感，探究东坡医学文化思想，更增加了这种感觉，因为收集检索相关资料，苏轼相关文字的丰富内涵，给予我们多方面的启示，翻检东坡诗文集，其所涉及医学文化方面的篇目多达二百余篇，其关涉面之广泛，令人惊叹，诸如名医传记《蜀名医张玄隐》《单庞二医》等；有“上医治未病”的诸多养生文字，如《论养生》《问养生》《续养生论》《记道人养生语》等；有“中医治欲病”之《书济众方后》《圣散子叙》等；有验方的收集和介绍如《裕陵偏头疼方》《枳枸汤》《治齿痛方》等；有药物药性之观察研讨如《苍术录》《苍耳录》《益智录》等。苏轼所辑验方、秘方部分留存在《苏沈良方》中，泽惠后世。纪昀《四库全书总目题要》高度评价说：

> 轼杂著时言医理，于是事亦颇究心。盖方药之事，术家能习其技而不能知其所以然，儒者能明其理而又往往未经实验。此书以经效之方而集于博通物理者之手，故宜非

他方所能及矣。(《苏沈良方提要》)

尤其要指出的是，探讨东坡医学思想，反复品味东坡相关文章，往往陶醉其中。其治国宏论，笔力雄健，痛陈时政，敢为危言，然以医喻政之作，或将医案娓娓道出，或将病象绘描其中，病象昭然，理义自明，理寓事中，使人警醒。所以后人给予相关文章高度评价：

> 东坡作文，如天花变现，初无根叶，不可揣测。如作《盖公堂记》，共六百余字，仅三百余字说医。(《室中语》)

阅读东坡此类著述，其充溢的独特个性魅力，令人难忘。《墨宝堂记》中说："蜀之谚曰：'学书者纸费，学医者人费。'此言虽小，可以喻大。世有好功名者，以其未试之学，而骤出之于政，其费人岂特医者之比乎?"可谓入木三分，有意为政为医者当书之座右。

东坡的医学文化思想，融入了他在复杂的社会经历中的人生感悟，由事见人，文如其人，使读者从一个独特的角度加深了对东坡的认识。茅坤《苏文忠公文钞》卷三十八曰："《药颂》多旷达旨，从徙南海得之。"周寿昌《思益堂日札》卷七亦曰：

> 《土谚》谚云："医病如治民，防病如治军。"语最有味。古人名医，曰和、曰缓，知此术非可躁急行也。若养生，则节嗜欲，慎起居，全在坚忍有制，必如东坡《养生论》所云："如商君法，如孙武令"，而后得也。

东坡的医学文化思想中，无论是以医喻政，还是医人施药，都充溢着医者仁心：为苏颂介绍名医；为友人详细介绍药方；即使那位不知名的乡人，他也拿出了家藏秘方，并详加说明(《书药方赠民某君》)，甚至还有《乞医疗病囚状》的奏议，非特为亲友而已。其心可鉴，其情可感，其人可敬，由是之故，陆游在《跋东坡问疾帖》中由衷赞叹：

> 东坡先生忧其亲党之疾，委曲详尽如此，则爱君忧国之际可知矣。其曰"勿使常医弄疾"，天下之至言。读之使

人感叹弥日。

由东坡相关文字记载，我们可以感知在特定时代特定的家庭中，掌握熟悉一些医疗常识的重要性。其《治暴下法》曰：

> 欧阳文忠公尝得暴下，国医不能愈。夫人云："市人有此药，三文一帖，甚效。"公曰："吾辈脏腑，与市人不同，不可服。"夫人便以国医药杂进之，一服而愈。公召卖者厚遗之，求其方，久之，乃肯传。但用车前子一味为末，米饮下二钱匕。云："此药利水道而不动气，水道利而清浊分，谷藏自止矣。(《苏轼全集校注》，第8415页)

参之以宋人关于苏轼载记的《圣散子》方药疗效的争议，可以明确感知，中医之辨证施治，因人而异，当有南北地域、男女长幼、春夏秋冬、富贵贫贱之考究。普通民众了解一些医药知识，对于医治疾病，可以事半功倍。我们从陆游《山村经行因施药》诗中也看到了在特定的历史条件下，老百姓对于了解一般医药知识的渴望和需要：

> 逆旅人家近野桥，偶因秣蹇暂消摇。
> 村翁不解读本草，争就先生辨药苗。
>
> (陆游著，钱仲联校注：《剑南诗稿校注》，上海古籍出版社1985版，第3673页)

"横看成岭侧成峰，远近高低各不同。"正是在这种持续的学习研讨中，对于"苏学""苏海"的博大精深叹为观止，对于渊深的医学文化叹为观止。高山仰止，景行行止。虽不能至，然心向往之。然而文章草成之后，再反复阅看东坡涉医诗文，面对其蕴含的丰富的中医药文化知识、渊深的思想内涵、独到的人生体味，总有意犹未尽之感。于是由东坡涉医诗文而及两宋相关文学文献，由两宋而上溯秦汉下及明清，理清了探研中国古代文学涉医文化文献的基本思路。

中医药文化由于根植于博大精深的传统文化，因此具有文史哲兼容的特色，医学与军政、医学与文学、医学与哲学、医学与现实生活联系紧密，有许多有待我们思考研究的丰富内涵。其中尤为引人瞩目的是，文人尚医，医者善文，历朝历代，多有其人。早在先秦典籍《国语·晋语》中即有“上医医国，其次疾人，固医官矣”的说法；汉代《淮南子·说山训》亦云：“良医者，常治无病之病，故无病；圣人者，常治无患之患，固无患”，于是至宋以后“不为良相，即为良医”成为文士的人生理想。文人尚医，医者善文，医理与文理相通，一个崭新的路径由此出现。当我们变换思路去研究“文人尚医”的特殊现象，发现一些著名文人的诗文集中有大量涉医之诗文，而当我们再翻阅医者善文的著述，也叹服其议论卓越，文采斐然。文士论医、医者著文，既是研究中医药文化的重要史料，同时又有着多方面的研究价值。

但长期以来，由于研究者视野所限，研究文史者多忽略文人笔下丰富“医论”和大量的医学文献资料，而研究医学者，亦多关注医学科学本身，而忽略医学文献的文学蕴涵，以至于长期以来“古代文学涉医文化”的研究较少有人涉足。

在文献整理方面，中医药研究者所编《中医药文献汇编》《中医古籍珍本集成》《海外回归中医古籍善本集萃》等收集皆为医药专著，文学研究者编有历代诗、词、文、赋总集，但极少有涉医文学文献的整理。直到1988年，陈御风等编纂了《历代笔记医事别录》，方药中先生在序言中高度评价了此书的价值，认为该书“收录唐宋元明清历代笔记杂著中之医学资料，类分医事制度、经典训释、医学文献、医家人物、医学通论、养生导引、医林轶闻及内外妇儿临床各科十七门，都为一秩，撷英采华，洋洋五十万言，蔚为大观”，并期望相关文献整理有系统全面的发展：“盖以中国医药学确乎为一伟大宝库，其系统载述于历代医药专业文献者固多，散见于文人笔记、稗官野史、各类小说等非医药文献者亦复不少，若能于历代非医药文献中就有关医药资料加以整理，博采旁搜，则必能聚沙成塔，集腋成裘，弥补现有专业文献之不足。对此，前贤识此者固有人在，然脚踏实地从事此项工作者则不多。今陶君等能欣然任此以启其端，当是一好事，亦是一大事。”然而自陶御风先生等所编纂大作问世之后，嗣响寥寥。时至今日，历代笔记整理出版成果累累，但无系统整理其中涉医文献之成果。历代诗词文赋涉医文献更多，但也少有人问津。

在学术研究方面，刘晓林《中医文化与古典文学》（1999）出版之前，关注中医与文学的研究成果寥寥无几，且为泛言二者关系。刘著探讨了中医文化与古典文学契合的深层文化原因，并对一些具有代表性的古典文学作品和医学著作进行了分析，具有开拓之功。王水香、陈庆元《古典文学与中医学》2007年5月出版。其关注点有三：诗词、曲赋、笔记、散文、戏曲、小说、神话中医学对古典文学的影响；对中医学名著文学意味进行探究；从著述、实践、思想、交流等层面探讨医家通文、文士知医现象。

台湾学者皮国立著《国族、国医与病人——近代中国的医疗和身体》是一本论文集，涉及中医药文化研究的多个方面，诸如对中医的批判和对中国国民性批判的关系；医人与医国、身病与心病的关系、近代名人与中西医之争等等。

综观目前相关研究成果，我们发现传统中医药文化与文学的研究存在两个问题，其一是传统医学医药文献资料搜集相对完备，但对于医学文献的文学蕴涵研究相对欠缺；其二是学术界已经关注中国古代文学涉医文化的研究，但对于历代文学涉医文化文献的整理搜集相对欠缺，研究力量薄弱，研究方法单一，缺乏系统的、多元的综合研究，很多重要作家作品尚未有人注意。故而缺乏系统全面深入的研究探讨，在这一领域还有比较广阔的研究空间。为了整体把握中医药文化与古典文学研究，课题组成员反复论证，确立了“中医药文化与中国古典文献研究”这一具有交叉学科特色的协作研究课题。

“中医药文化与中国古典文献研究”既为中医药、中国古代文学、中华传统文化研究提供翔实可靠的文献依据，同时又是传承发展中医药事业、弘扬中华优秀传统文化的具体举措。

“不为良相且良医”，文士论医、医者著文，多以医论政、以医论军、以医论世、以医寓理、以医论事等，通过对中医药文化与古代文学进行综合研究，有助于深入了解不同历史时期政治、军事、经济、社会变革、士人思想、文学嬗变等，对于深化拓展传统医学文化、古典文学的研究，具有推动作用。

“中医药文化与中国古典文献研究”最终成果为两个系列，即“中国古代文学涉医文化文献辑要”系列和“中国古代文学涉医文化文献研究”系列。

“中医药文化与中国古典文献研究”合作项目受到甘肃中医药大学和兰州大学有关部门的重视和大力支持，在“中国古代文学涉医文化文献辑要”第一辑（五卷）即将由兰州大学出版社出版发行之际，谨在此向甘肃中医药大学、甘肃中医药文化传承发展中心，向兰州大学社科处、宣传部、文学院以及兰州大学出版社表示衷心的感谢！

“中医药文化与中国古典文献研究”编委会

二〇一九年八月

凡　例

一、本书旨在搜集苏轼诗文中涉及与传统中医药学内容相关的作品。

二、本书所收作品皆见于由张志烈、马德富、周裕锴主编，河北人民出版社2010年出版的《苏轼全集校注》。

三、本书所引诗、文集中原作的注释，皆以夹注方式录入。

目 录

上编 诗集

下编　文集

上编　诗集

入 峡

自昔怀幽赏，今兹得纵探。长江连楚蜀，万派泻东南。
合水来如电，黔波绿似蓝。余流细不数，远势竞相参。
入峡初无路，连山忽似龛。萦纡收浩渺，蹙缩作渊潭。
风过如呼吸，云生似吐含。坠崖鸣窣窣，垂蔓绿毵毵。
冷翠多崖竹，孤生有石楠。飞泉飘乱雪，怪石走惊骖。
绝涧知深浅，樵童忽两三。人烟偶逢郭，沙岸可乘篮。
野戍荒州县，邦君古子男。放衙鸣晚鼓，留客荐霜柑。
闻道黄精草，丛生绿玉篸。尽应充食饮，不见有彭聃。
气候冬犹暖，星河夜半涵。遗民悲昶衍（孟昶从此入觐，王衍亦蜀主），旧俗接鱼蚕。
版屋漫无瓦，岩居窄似庵。伐薪常冒崄，得米不盈甔。
叹息生何陋，劬劳不自惭。叶舟轻远泝，大浪固尝谙。
矍铄空相视，呕哑莫与谈。蛮日荒安可驻，幽邃信难妉。
独爱孤栖鹘，高超百尺岚。横飞应自得，远飏似无贪。
振翮游霄汉，无心顾雀鹌。尘劳世方病，局促我何堪。
尽解林泉好，多为富贵酣。试看飞鸟乐，高遁此心甘。

第一册，64页

楼 观

秦始皇立老子庙于观南，晋惠始修此观

门前古碣卧斜阳，阅世如流事可伤。
长有游人悲晋惠，强修遗庙学秦皇。
丹砂久窖井水赤，白术谁烧厨灶香。
闻道神仙亦相过，只疑田叟是庚桑。

第一册，217页

病中闻子由得告不赴商州三首

其　一

病中闻汝免来商，旅雁何时更著行。
远别不知官爵好，思归苦觉岁年长。
著书多暇真良计，从宦无功谩去乡。
惟有王城最堪隐，万人如海一身藏。

第一册，252 页

其　二

近从章子闻渠说，苦道商人望汝来。
说客有灵惭直道，逋翁久没厌凡才。
夷音仅可通名姓，瘿俗无由辨颈腮。
答策不堪宜落此，上书求免亦何哉。

第一册，253 页

其　三

辞官不出意谁知，敢向清时怨位卑。
万事悠悠付杯酒，流年冉冉入霜髭。
策曾忤世人嫌汝，《易》可忘忧家有师。
此外知心更谁是，梦魂相觅苦参差。

第一册，255 页

和子由记园中草木十一首

其　一

煌煌帝王都，赫赫走群彦。
嗟汝独何为，闭门观物变。
微物岂足观，汝独观不倦。
牵牛与葵蓼，采摘入诗卷。
吾闻东山傅，置酒携燕婉。
富贵未能忘，声色聊自遣。

汝今又不然，时节看瓜蔓。
怀宝自足珍，艺兰那计畹。
吾归于汝处，慎勿嗟岁晚。

第一册,359页

其　二

荒园无数亩，草木动成林。
春阳一已敷，妍丑各自矜。
蒲萄虽满架，困倒不能任。
可怜病石榴，花如破红襟。
葵花虽粲粲，蒂浅不胜簪。
丛蓼晚可喜，轻红随秋深。
物生感时节，此理等废兴。
飘零不自由，盛亦非汝能。

第一册,361页

其　三

种柏待其成，柏成人亦老。
不如种丛篲，春种秋可倒。
阴阳不择物，美恶随意造。
柏生何苦艰，似亦费天巧。
天工巧有几，肯尽为汝耗。
君看藜与藿，生意常草草。

第一册,362页

其　四

萱草虽微花，孤秀自能拔。
亭亭乱叶中，一一芳心插。
牵牛独何畏，诘曲自芽蘖。
走寻荆与榛，如有宿昔约。
南斋读书处，乱翠晓如泼。

偏工贮秋雨，岁岁坏篱落。

第一册，364 页

其　五

芦笋初似竹，稍开叶如蒲。
方春节抱甲，渐老根生须。
不爱当夏绿，爱此及秋枯。
黄叶倒风雨，白花摇江湖。
江湖不可到，移植苦勤劬。
安得双野鸭，飞来成画图。

第一册，365 页

其　六

行乐惜芳辰，秋风常苦早。
谁知念离别，喜见秋瓜老。
秋瓜感霜霰，茎叶飒已槁。
宦游归无时，身若马系皁。
悲鸣念千里，耿耿志空抱。
多忧竟何为，使汝玄发缟。

第一册，366 页

其　七

官舍有丛竹，结根问囚厅。
下为人所径，土密不容钉。
殷勤戒吏卒，插棘护中庭。
远砌忽坟裂，走鞭瘦竛竮。
我常携枕簟，来此荫寒青。
日暮不能去，卧听窗风泠。

第一册，367 页

其　八

芎藭生蜀道，白芷来江南。
漂流到关辅，犹不失芳甘。

濯濯翠径满，愔愔清露涵。
及其未花实，可以资筐篮。
秋节忽已老，苦寒非所堪。
斸根取其实，对此微物惭。

第一册，368 页

其 九

自我来关辅，南山得再游。
山中亦何有，草木媚深幽。
菖蒲人不识，生此乱石沟。
山高霜雪苦，苗叶不得抽。
下有千岁根，蹙缩如蟠虬。
长为鬼神守，德薄安敢偷。

第一册，369 页

其 十

我归自南山，山翠犹在目。
心随白云去，梦绕山之麓。
汝从何方来，笑齿粲如玉。
探怀出新诗，秀语夺山绿。
觉来已茫昧，但记说秋菊。
有如采樵人，入洞听琴筑。
归来写遗声，犹胜人间曲。

第一册，371 页

其十一

野菊生秋涧，芳心空自知。
无人惊岁晚，唯有暗蛩悲。
花开涧水上，花落涧水湄。
菊衰蛩亦蛰，与汝岁相期。
楚客方多感，秋风咏江篱。
落英不满掬，何以慰朝饥。

第一册，372 页

王颐赴建州钱监求诗及草书

我昔识子自武功，寒厅夜语樽酒同。
酒阑烛尽语不尽，倦仆立寐僵屏风。
丁宁劝学不死诀，自言亲受方瞳翁。
嗟余闻道不早悟，醉梦颠倒随盲聋。
迩来忧患苦摧剥，意思萧索如霜蓬。
羡君颜色愈少壮，外慕渐少由中充。
河车挽水灌脑黑，丹砂伏火入颊红。
大梁相逢又东去，但道何日辞樊笼。
未能便乞勾漏令，官曹似是锡与铜。
留诗河上慰离别，草书未暇缘匆匆。

第一册，488页

送岑著作

懒者常似静，静岂懒者徒。
拙则近于直，而直岂拙欤。
夫子静且直，雍容时卷舒。
嗟我复何为，相得欢有余。
我本不违世，而世与我殊。
拙于林间鸠，懒于冰底鱼。
人皆笑其狂，子独怜其愚。
直者有时信，静者不终居。
而我懒拙病，不受砭药除。
临行怪酒薄，已与别泪俱。
后会岂无时，遂恐出处疏。
惟应故山梦，随子到吾庐。

第一册，523页

次韵柳子玉二首

地 炉

细声蚯蚓发银瓶，拥褐横眠天未明。
衰鬓镊残攲雪领，壮心降尽倒风旌。
自称丹灶锱铢火，倦听山城长短更。
闻道床头惟竹几，夫人应不解卿卿。
（俗谓竹几为竹夫人）

第二册，624页

纸 帐

乱文龟壳细相连，惯卧青绫恐未便。
洁似僧巾白氎布，暖于蛮帐紫茸毡。
锦衾速卷持还客，破屋那愁仰见天。
但恐娇儿还恶睡，夜深踏裂不成眠。

第二册，626页

六月二十七日望湖楼醉书五绝

黑云翻墨未遮山，白雨跳珠乱入船。
卷地风来忽吹散，望湖楼下水如天。
放生鱼鳖逐人来，无主荷花到处开。
水枕能令山俯仰，风船解与月徘徊。
乌菱白芡不论钱，乱系青菰裹绿盘。
忽忆尝新会灵观，滞留江海得加餐。
献花游女木兰桡，细雨斜风湿翠翘。
无限芳洲生杜若，吴儿不识楚辞招。
未成小隐聊中隐，可得长闲胜暂闲。
我本无家更安往，故乡无此好湖山。

第二册，683页

游径山

众峰来自天目山，势若骏马奔平川。
中途勒破千里足，金鞭玉镫相回旋。
人言山住水亦住，下有万古蛟龙渊。
道人天眼识王气，结茅宴坐荒山巅。
精诚贯山石为裂，天女下试颜如莲。
寒窗暖足来朴渥，夜钵呪水降蜿蜒。
雪眉老人朝叩门，愿为弟子长参禅。
尔来废兴三百载，奔走吴会输金钱。
飞楼涌殿压山谷，朝钟暮鼓惊龙眠。
晴空偶见浮海蜃，落日下数投林鸢。
有生共处覆载内，扰扰膏火同烹煎。
近来愈觉世路隘，每到宽处差安便。
嗟余老矣百事废，却寻旧学心茫然。
问龙乞水归洗眼（龙井水，洗病眼有效），
欲看细字销残年。

第二册，699 页

和陈述古拒霜花

千林扫作一番黄，只有芙蓉独自芳。
唤作拒霜知未称，细思却是最宜霜。

第二册，756 页

是日宿水陆寺寄北山清顺僧二首

草没河堤雨暗村，寺藏修竹不知门。
拾薪煮药怜僧病，扫地焚香净客魂。
农事未休侵小雪，佛灯初上报黄昏。

年来渐识幽居味，思与高人对榻论。
长嫌钟鼓聒湖山，此境萧条却自然。
乞食绕村真为饱，无言对客本非禅。
披榛觅路冲泥入，洗足关门听雨眠。
遥想后身穷贾岛，夜寒应耸作诗肩。

第二册，769 页

秀州报本禅院乡僧文长老方丈

万里家山一梦中，吴音渐已变儿童。
每逢蜀叟谈终日，便觉峨眉翠扫空。
师已忘言真有道，我除搜句百无功。
明年采药天台去，更欲题诗满浙东。

第二册，821 页

富阳妙庭观董双成故宅发地得丹鼎，覆以铜盘，承以琉璃盆，盆既破碎丹亦为人争夺持去。今独盘鼎在耳二首

其　一

人去山空鹤不归，丹亡鼎在世徒悲。
可怜九转功成后，却把飞升乞内芝。

第二册，860 页

其　二

琉璃击碎走金丹，无复神光发旧坛。
时有世人来舐鼎，俗随鸡犬事刘安。

第二册，861 页

于潜僧绿筠轩

可使食无肉，不可居无竹。
无肉令人瘦，无竹令人俗。

人瘦尚可肥，士俗不可医。
旁人笑此言，似高还似痴。
若对此君仍大嚼，世间那有扬州鹤。

第二册，893页

病中游祖塔院

紫李黄瓜村路香，乌纱白葛道衣凉。
闭门野寺松阴转，欹枕风轩客梦长。
因病得闲殊不恶，安心是药更无方。
道人不惜阶前水，借与匏樽自在尝。

第二册，945页

汪覃秀才久留山中以诗见寄次其韵

季子应嗔不下机，弃家来伴碧云师。
中秋冷坐无因醉，半月长斋未肯辞。
掷简摇毫无忤色，投名入社有新诗。
飞腾桂籍他年事，莫忘山中采药时。

第二册，997页

再游径山

老人登山汗如濯，到山困卧呼不觉。
觉来五鼓日三竿，始信孤云天一握。
（古语云：孤云两角，去天一握。）
平生未省出艰险，两足惯曾行荦确。
含晖亭上望东溟，凌霄峰头挹南岳。
共爱丝杉翠丝乱，谁见玉芝红玉琢。
白云何事自来往，明月长圆无晦朔。
（山有白云峰、明月庵）
冢上鸡鸣犹忆钦，山前凤舞远征璞。

雪窗驯兔元不死，烟岭孤猿苦难捉。
从来白足傲死生，不怕黄巾把刀槊。
榻上双痕凛然在，剑头一吷何须角。
嗟我昏顽晚闻道，与世龃龉空多学。
灵水先除眼界花，清诗为洗心源浊。
骚人未要逃竞病，禅老但喜闻剥啄。
此生更得几回来，从今有暇无辞数。

第二册，998 页

九日寻臻阇梨遂泛小舟至勤师院二首

白发长嫌岁月侵，病眸兼怕酒杯深。
南屏老宿闲相过，东阁郎君懒重寻。
试碾露芽烹白雪，休拈霜蕊嚼黄金。
扁舟又截平湖去，欲访孤山支道林。

湖上青山翠作堆，葱葱郁郁气佳哉。
笙歌丛里抽身出，云水光中洗眼来。
白足赤髭迎我笑，拒霜黄菊为谁开。
明年桑苎煎茶处，忆著衰翁首重回。

第二册，1007 页

游诸佛舍一日饮酽茶七盏戏书勤师壁

一作六月六日以病在告，独游湖上诸寺，晚谒损之，戏留七绝

示病维摩元不病，在家灵运已忘家。
何烦魏帝一丸药，且尽卢仝七碗茶。

第二册，1013 页

和钱安道寄惠建茶

我官于南今几时，尝尽溪茶与山茗。
胸中似记故人面，口不能言心自省。
为君细说我未暇，试评其略差可听。
建溪所产虽不同，一一天与君子性。
森然可爱不可慢，骨清肉腻和且正。
雪花雨脚何足道，啜过始知真味永。
纵复苦硬终可录，汲黯少戆宽饶猛。
草茶无赖空有名，高者妖邪次顽懭。
体轻虽复强浮泛，性滞偏工呕酸冷。
其间绝品岂不佳，张禹纵贤非骨鲠。
葵花玉銙不易致，道路幽险隔云岭。
谁知使者来自西，开缄磊落收百饼。
嗅香嚼味本非别，透纸自觉光炯炯。
粃糠团凤友小龙，奴隶日注臣双井。
收藏爱惜待佳客，不敢包裹钻权幸。
此诗有味君勿传，空使时人怒生瘿。

第二册，1051 页

子玉家宴用前韵见寄复答之

自酌金樽劝孟光，更教长笛奏伊凉。
牵衣男女绕太白，扇枕郎君烦阿香。
诗病逢春转深痼，愁魔得酒暂奔忙。
醒时情味吾能说，日在西南白草冈。

第二册，1090 页

留别金山宝觉圆通二长老

沐罢巾冠快晚凉，睡馀齿颊带茶香。

舣舟北岸何时渡，晞发东轩未肯忙。
康济此身殊有道，医治外物本无方。
风流二老长还往，顾我归期尚渺茫。

第二册，1110页

回先生过湖州东林沈氏，饮醉，以石榴皮书其家东老庵之壁云“西邻已富忧不足，东老虽贫乐有余。白酒酿来因好客，黄金散尽为收书”。西蜀和仲，闻而次其韵三首。东老沈氏之老自谓也，湖人因以名之。其子偕作诗，有可观者

世俗何知贫是病，神仙可学道之余。
但知白酒留佳客，不问黄公觅素书。

第二册，1183页

次韵陈海州书怀

郁郁苍梧海上山，蓬莱方丈有无间。
（东海郁州山，云自苍梧浮来）
旧闻草木皆仙药，欲弃妻孥守市阛。
雅志未成空自叹，故人相对若为颜。
酒醒却忆儿童事，长恨双凫去莫攀。
（陈曾令乡邑）

第二册，1201页

虎　儿

旧闻老蚌生明珠，未省老兔生於菟。
老兔自谓月中物，不骑快马骑蟾蜍。
蟾蜍爬沙不肯行，坐令青衫垂白须。

於菟骏猛不类渠，指挥黄熊驾黑貙。
丹砂紫麝不用涂，眼光百步走妖狐。
妖狐莫夸智有余，不劳摇牙咀尔徒。

第二册，1209 页

除夜病中赠段屯田

龙钟三十九，劳生已强半。
岁暮日斜时，还为昔人叹。
（乐天诗云：行年三十九，岁暮日斜时）
今年一线在，那复堪把玩。
欲起强持酒，故交云雨散。
惟有病相寻，空斋为老伴。
萧条灯火冷，寒夜何时旦。
倦仆触屏风，饥鼯嗅空案。
数朝闭阁卧，霜发秋蓬乱。
传闻使者来，策杖就梳盥。
书来苦安慰，不怪造请缓。
大夫忠烈后，高义金石贯。
要当击权豪，未肯觑衰懦。
此生何所似，暗尽灰中炭。
归田计已决，此邦聊假馆。
三径粗成资，一枝有余暖。
愿君留信宿，庶奉一笑粲。

第二册，1213 页

乔太博见和复次韵答之

百年三万日，老病常居半。
其间互忧乐，歌笑杂悲叹。
颠倒不自知，直为神所玩。

须臾便堪笑，万事风雨散。
自从识此理，久谢少年伴。
逝将游无何，岂暇读城旦。
非才更多病，二事可并案。
愧烦贤使者，弭节整纷乱。
乔侯瑚琏质，清庙尝荐盥。
奋髯百吏走，坐变齐俗缓。
未遭甘鹢退，并进耻鱼贯。
每闻议论馀，凛凛激贪懦。
莫邪当自跃，岂复烦炉炭。
便庆朝秣越，未暮刷燕馆。
胡为守故丘，眷恋桑榆暖。
为君叩牛角，一咏南山粲。

第二册，1217 页

二公再和亦再答之

寒鸡知将晨，饥鹤知夜半。
亦如老病客，遇节常感叹。
光阴等敲石，过眼不容玩。
亲友如抟沙，放手还复散。
羁孤每自笑，寂寞谁肯伴。
元达号神君，高论森月旦。
纪明本贤将，汨没事堆案。
欣然肯相顾，夜阁灯火乱。
盘空愧不饱，酒薄仅堪盥。
雍容许著帽，不怪安石缓。
虽无窈窕人，清唱弄珠贯。
幸有纵横舌，说剑起慵懦。
二豪沉下位，暗火埋湿炭。

岂似草玄人，默默老儒馆。
行看富贵逼，炙手借余暖。
应念苦思归，登楼赋王粲。

第二册，1221页

雪后书北台壁二首

其二

城头初日始翻鸦，陌上晴泥已没车。
冻合玉楼寒起粟，光摇银海眼生花。
遗蝗入地应千尺，宿麦连云有几家。
老病自嗟诗力退，空吟《冰柱》忆刘叉。

第二册，1227页

饮酒台

博士雅好饮，空山谁与娱。
莫向骊山去，君王不喜儒。

第二册，1249页

和子由四首

送春

梦里青春可得追，欲将诗句绊馀晖。
酒阑病客惟思睡，蜜熟黄蜂亦懒飞。
芍药樱桃俱扫地，鬓丝禅榻两忘机。
（病过此二物）
凭君借取法界观，一洗人间万事非。
（来书云，近看此书，余未尝见也）

第八册，1267页

西 斋

西斋深且明，中有六尺床。
病夫朝睡足，危坐觉日长。
昏昏既非醉，踽踽亦非狂。
褰衣竹风下，穆然濯微凉。
起行西园中，草木含幽香。
榴花开一枝，桑枣沃以光。
鸣鸠得美荫，困立忘飞翔。
黄鸟亦自喜，新音变圆吭。
杖藜观物化，亦以观我生。
万物各得时，我生日皇皇。

第二册，1272页

和章七出守湖州二首

其 二

绛阙云台总有名，应须极贵又长生。
鼎中龙虎黄金贱，松下龟蛇绿骨轻。
（君好炉火而饵茯苓）
霅水未浑缨可濯，弁峰初见眼应明。
两卮春酒真堪羡，独占人间分外荣。

第二册，1317页

和蒋夔寄茶

我生百事常随缘，四方水陆无不便。
扁舟渡江适吴越，三年饮食穷芳鲜。
金齑玉脍饭炊雪，海螯江柱初脱泉。
临风饱食甘寝罢，一瓯花乳浮轻圆。
自从舍舟入东武，沃野便到桑麻川。

剪毛胡羊大如马，谁记鹿角腥盘筵。
厨中蒸粟埋饭瓮，大杓更取酸生涎。
柘罗铜碾弃不用，脂麻白土须盆研。
故人犹作旧眼看，谓我好尚如当年。
沙溪北苑强分别，水脚一线争谁先。
清诗两幅寄千里，紫金百饼费万钱。
吟哦烹噍两奇绝，只恐偷乞烦封缠。
老妻稚子不知爱，一半已入姜盐煎。
人生所遇无不可，南北嗜好知谁贤。
死生祸福久不择，更论甘苦争蚩妍。
知君穷旅不自释，因诗寄谢聊相镌。

第三册，1323 页

立春日，病中邀安国，仍诵率禹功同来。仆虽不能饮，当请成伯主会，某当杖策倚几于其间，观诸公醉笑，以拨滞闷也二首

其　一

孤灯照影夜漫漫，拈得花枝不忍看。
白发欹簪羞彩胜，黄耇煮粥荐春盘。
东方烹狗阳初动，南陌争牛卧作团。
老子从来兴不浅，向隅谁有满堂欢。

第三册，1331 页

七月五日二首

其　一

避谤诗寻医，畏病酒入务。
萧条北窗下，长日谁与度。
今年苦炎热，草木困薰煮。
况我早衰人，幽居气如缕。

秋来有佳兴，秫稻已含露。
还复此微吟，往和糟床注。
何处觅新秋，萧然北台上。
秋来未云几，风月已清亮。
云间耸孤翠，林表浮远涨。
新枣渐堪剥，晚瓜犹可饷。
西风送落日，万窍含凄怅。
念当急行乐，白发不汝放。

第三册，1411 页

赵郎中见和，戏复答之

赵子吟诗如泼水，一挥三百八十字。
奈何效我欲寻医，恰似西施藏白地。
赵子饮酒如淋灰，一年十万八千杯。
若不令君早入务，饮竭东海生黄埃。
我衰临政多缪错，羡君精采如秋鹗。
颇哀老子今日饮，为君坐啸主画诺。

第三册，1424 页

次韵周邠寄雁荡山图二首

其　一

指点先凭采药翁，丹青化出大槐宫。
眼明小阁浮烟翠，齿冷新诗嚼雪风。
二华行观雄陕右，九仙今已压京东。
此生的有寻山分，已觉温台落手中。

第三册，1431 页

送范景仁游洛中

小人真阘茸，闲退岂公难。

道大吾何病，言深听者寒。
忧时虽早白，住世有还丹。
得酒相逢乐，无心所遇安。
去年行万里，蜀路走千盘。
投老身弥健，登山意未阑。
西游为樱笋，东道尽鹓鸾。
杖履携儿去，园亭借客看。
折花斑竹寺，弄水石楼滩。
翳马衰怜白，惊雷怯笑韩。
藓书标洞府（欧阳永叔尝游嵩山，日暮，于绝壁上见苔藓成文，云神清之洞。明日复寻，不见），
松盖偃天坛。
试与刘夫子，重寻靖长官。
（刘几云：曾见人嵩山幽绝处，眼光如猫，意其为靖长官也）

第三册，1459页

和李邦直沂山祈雨有应

高田生黄埃，下田生苍耳。
苍耳亦已无，更问麦有几。
蛟龙睡足亦解惭，二麦枯时雨如洗。
不知雨从何处来，但闻吕梁百步声如雷。
试上城南望城北，际天菽粟青成堆。
饥火烧肠作牛吼，不知待得秋成否？
半年不雨坐龙慵，共怨天公不怨龙。
今朝一雨聊自赎，龙神社鬼各言功。

无功日盗太仓谷，嗟我与龙同此责。
劝农使者不汝容，因君作诗先自劾。

第三册，1503页

过云龙山人张天骥

郊原雨初足，风日清且好。
病守亦欣然，肩舆白门道。
荒田咽蚯蚓，村巷悬梨枣。
下有幽人居，闭门空雀噪。
西风高正厉，落叶纷可扫。
孤僮卧斜日，病马放秋草。
墟里通有无，垣墙任摧倒。
君家本冠盖，丝竹闹邻保。
脱身声利中，道德自濯澡。
躬耕抱羸疾，奉养百岁老。
诗书膏吻颊，菽水媚翁媪。
饥寒天随子，杞菊自撷芼。
慈孝董邵南，鸡狗相乳抱。
吾生如寄耳，归计失不早。
故山岂敢忘，但恐迫华皓。
从君学种秫，斗酒时相劳。

第三册，1540页

赠王仲素寺丞

养气如养儿，弃官如弃泥。
人皆笑子拙，事定竟谁迷。
归耕独患贫，问子何所赍。
尺宅足自庇，寸田有余畦。
明珠照短褐，陋室生虹霓。

虽无孔方兄，顾有法喜妻。
弹琴一长啸，不答阮与嵇。
曹南刘夫子，名与子政齐。
家有鸿宝书，不铸金裹蹄。
促膝问道要，遂蒙分刀圭。
不忍独不死，尺书肯见梯。
我生本强鄙，少以气自挤。
孤舟倒江河，赤手揽象犀。
年来稍自笑，留气下暖脐。
苦恨闻道晚，意象飒已凄。
空见孙思邈，区区赋《病梨》。

第三册，1544 页

张寺丞益斋

张子作斋舍，而以益为名。
吾闻之夫子，求益非速成。
譬如远游客，日夜事征行。
今年适燕蓟，明年走蛮荆。
东观尽沧海，西涉渭与泾。
归来闭户坐，八方在轩庭。
又如学医人，识病由饱更。
风雨晦明淫，跛躄瘖聋盲。
虚实在其脉，静躁在其情。
荣枯在其色，寿夭在其形。
苟能阅千人，望见知死生。
为学务日益，此言当自程。
为道贵日损，此理在既盈。
愿君书此诗，以为益斋铭。

第三册，1623 页

寒食日答李公择三绝次韵

其 三

巡城已困尘埃眯，执朴仍遭虮虱缘。
欲脱布衫携素手（来诗谓仆布衫督役），
试开病眼点黄连。

第三册，1663 页

傅子美召公择饮，偶以病不及往，公择有诗，次韵

樊素阿蛮皆已出，使君应作玉筝歌。
可怜病士西窗下，一夜丹田手自摩。

第三册，1686 页

闻公择过云龙张山人，辄往从之，公择有诗，戏用其韵

我生固多忧，肉食常苦墨。
轩然就一笑，犹得好饮力。
闻君过云龙，对酒两静默。
急携清歌女，山郭及未昃。
一欢难力致，邂逅有胜特。
喧蜂集晚花，乱雀啅丛棘。
山人乐此耳，寂寞谁侍侧。
何当求好人，聊使治要襋。
使君自孤愤，此理谁相直。
不如学养生，一气服千息。

第三册，1692 页

游张山人园

壁间一轴烟萝子，盆里千枝锦被堆。
惯与先生为酒伴，不嫌刺史亦颜开。
纤纤入麦黄花乱，飒飒催诗白雨来。
闻道君家好井水，归轩乞得满瓶回。

第三册，1704页

种德亭

处士王复，家于钱塘，为人多技能而医尤精，期于活人而已，不志于利。筑室候潮门外，治园圃，作亭榭，以与贤士大夫游，惟恐不及，然终无所求。人徒知其接花艺果之勤，而不知其所种者德也，乃以名其亭，而作诗以遗之。

小圃傍城郭，闭门芝术香。
名随市人隐，德与佳木长。
元化善养性，仓公多禁方。
所活不可数，相逢旋相忘。
但喜宾客来，置酒花满堂。
我欲东南去，再观双桧苍。
山茶想出屋，湖橘应过墙。
木老德亦熟，吾言岂荒唐。

第三册，1714页

送郑户曹赋席上果得榧子

彼美玉山果，粲为金盘实。
瘴雾脱蛮溪，清樽奉佳客。
客行何以赠，一语当加璧。
祝君如此果，德膏以自泽。

驱攘三彭仇，已我心腹疾。
愿君如此木，凛凛傲霜雪。
斫为君倚几，滑净不容削。
物微兴不浅，此赠毋轻掷。

第三册，1753 页

次韵黄鲁直见赠古风二首

其 二

空山学仙子，妄意笙箫声。
千金得奇药，开视皆豨苓。
不知市人中，自有安期生。
今君已度世，坐阅霜中蒂。
摩挲古铜人，岁月不可计。
阆风安在哉，要君相指似。

第三册，1776 页

次韵子由送赵屼归觐钱塘，遂赴永嘉

归舟转河曲，稍见楚山苍。
候吏来迎客，吴音已带乡。
言从谢康乐，先献鲁灵光。
已击三千里，何须四十强。
风流半刺史，清绝校书郎。
到郡诗成集，寻溪水溅裳。
芒鞋随采药，茧纸记流觞。
海静蛟鼍出，山空草木长。
宦游无远近，民事要更尝。
愿子传家法，他年请尚方。

第三册，1781 页

中秋月寄子由三首

其　一

殷勤去年月，潋滟古城东。
憔悴去年人，卧病破窗中。
徘徊巧相觅，窈窕穿房栊。
月岂知我病，但见歌楼空。
抚枕三叹息，扶杖起相从。
天风不相哀，吹我落琼宫。
白露入肝肺，夜吟如秋虫。
坐令太白豪，化为东野穷。
余年知几何，佳月岂屡逢。
寒鱼亦不睡，竟夕相唵喁。

第三册，1784 页

答王巩

巩将见过，有诗自谓恶客，戏之。

汴泗绕吾城，城坚如削铁。
中有李临淮，号令肝胆裂。
古来彭城守，未省怕恶客。
恶客云是谁，祥符相公孙。
是家豪逸生有种，千金一掷颇黎盆。
连车载酒来，不饮外酒嫌其村。
子有千瓶酒，我有万株菊。
任子满头插，团团见花不见目。
醉中插花归，花重压折轴。
问客何所须，客言我爱山。
青山自绕郭，不要买山钱。
此外有黄楼，楼下一河水。

美哉洋洋乎，可以疗饥并洗耳。
彭城之游乐复乐，客恶何如主人恶。

第三册，1795页

与顿起、孙勉泛舟、探韵得未字

窗前堆梧桐，床下鸣络纬。
佳人尺书到，客子中夜喟。
朝来一樽酒，晤语聊自慰。
秋蝇已无声，霜蟹初有味。
当为壮士饮，眦裂须磔蝟。
勿作儿女怀，坐念蟏蛸畏。
山城亦何有，一笑泻肝胃。
泛舟以娱君，鱼鳖多可饩。
纵为十日饮，未遽主人费。
吾侪俱老矣，耿耿知自贵。
宁能傍门户，啼笑杂猩狒。
要将百篇诗，一吐千丈气。
萧条岁行暮，迨此霜雪未。
明朝出城南，遗迹观楚魏。
西风迫吹帽，金菊乱如沸。
愿君勿言归，轻别吾所讳。

第三册，1800页

次韵王巩独眠

居士身心如槁木，旅馆孤眠体生粟。
谁能相思琢白玉，服药千朝偿一宿。
天寒日短银灯续，欲往从之车脱轴。
何人吹断参差竹，泗水茫茫鸭头绿。

第八册，1825页

与参寥师行园中得黄耳蕈

遣化何时取众香，法筵斋钵久凄凉。
寒蔬病甲谁能采，落叶空畦半已荒。
老楮忽生黄耳菌，故人兼致白芽薑。
萧然放箸东南去，又入春山笋蕨乡。

第三册，1888 页

次韵秦太虚见戏耳聋

君不见诗人借车无可载，留得一钱何足赖！
晚年更似杜陵翁，右臂虽存耳先聩。
人将蚁动作牛斗，我觉风雷真一噫。
闻尘扫尽根性空，不须更枕清流派。
大朴初散失浑沌，六凿相攘更胜坏。
眼花乱坠酒生风，口业不停诗有债。
君知五蕴皆是贼，人生一病今先差。
但恐此心终未了，不见不闻还是碍。
今君疑我特佯聋，故作嘲诗穷险怪。
须防额痒出三耳，莫放笔端风雨快。

第三册，1991 页

又次前韵赠贾耘老

具区吞灭三州界，浩浩汤汤纳千派。
从来不著万斛船，一苇渔舟恣奔快。
仙坛古洞不可到，空听余澜鸣湃湃。
今朝偶上法华岭，纵观始觉人寰隘。
山头卧碣吊孤冢，下有至人僵不坏。
空余白棘网秋虫，无复青莲出幽怪。
（事见本院碑）

我来徙倚长松下，欲掘茯苓亲洗晒。
闻道山中富奇药，往往灵芝杂葵薤。
诗人空腹待黄精，生事只看长柄械。
（杜子美诗云，长镵长镵白木柄，我生托子以为命）
今年大熟期一饱，食叶微虫真癣疥。
（贯云，今岁有小虫食叶，不甚为害）
白花半落紫穟香，攘臂欲助磨镰铩。
安得山泉变春酒，与子一洗寻常债。

第三册，2074 页

子由自南都来陈三日而别

夫子自逐客，尚能哀楚囚。
奔驰二百里，径来宽我忧。
相逢知有得，道眼清不流。
别来未一年，落尽骄气浮。
嗟我晚闻道，款启如孙休。
至言虽久服，放心不自收。
悟彼善知识，妙药应所投。
纳之忧患场，磨以百日愁。
冥顽虽难化，镌发亦已周。
平时种种心，次第去莫留。
但余无所还，永与夫子游。
此别何足道，大江东西州。
畏蛇不下榻，睡足吾无求。
便为齐安民，何必归故丘。

第四册，2115 页

过 淮

朝离新息县，初乱一水碧。

暮宿淮南村，已渡千山赤。
麏鼯号古戍，雾雨暗破驿。
回头梁楚郊，永与中原隔。
黄州在何许，想像云梦泽。
吾生如寄耳，初不择所适。
但有鱼与稻，生理已自毕。
独喜小儿子，少小事安佚。
相从艰难中，肝肺如铁石。
便应与晤语，何止寄衰疾。
（时家在子由处，独与儿子迈南来）

第四册，2126页

戏作种松

我昔少年日，种松满东冈。
初移一寸根，琐细如插秧。
二年黄茅下，一一攒麦芒。
三年出蓬艾，满山散牛羊。
不见十余年，想作龙蛇长。
夜风破浪碎，朝露珠玑香。
我欲食其膏，已伐百本桑。
（煮松脂法，用桑柴灰水）
人事多乖迕，神药竟渺茫。
朅来齐安野，夹路须髯苍。
会开龟蛇窟，不惜斤斧疮。
纵未得茯苓，且当拾流肪。
釜盎百出入，皎然散飞霜。
槁死三彭仇，澡换五谷肠。
青骨凝绿髓，丹田发幽光。
白发何足道，要使双瞳方。

却后五百年，骑鹤还故乡。

第四册，2140页

安国寺寻春

卧闻百舌呼春风，起寻花柳村村同。
城南古寺修竹合，小房曲槛欹深红。
看花叹老忆年少，对酒思家愁老翁。
病眼不羞云母乱，鬓丝强理茶烟中。
遥知二月王城外，玉仙洪福花如海。
薄罗匀雾盖新妆，快马争风鸣杂佩。
玉川先生真可怜，一生耽酒终无钱。
病过春风九十日，独抱添丁看花发。

第四册，2160页

寓居定惠院之东，杂花满山，有海棠一株，土人不知贵也

江城地瘴蕃草木，只有名花苦幽独。
嫣然一笑竹篱间，桃李漫山总粗俗。
也知造物有深意，故遣佳人在空谷。
自然富贵出天姿，不待金盘荐华屋。
朱唇得酒晕生脸，翠袖卷纱红映肉。
林深雾暗晓光迟，日暖风轻春睡足。
雨中有泪亦凄怆，月下无人更清淑。
先生食饱无一事，散步逍遥自扪腹。
不问人家与僧舍，拄杖敲门看修竹。
忽逢绝艳照衰朽，叹息无言揩病目。
陋邦何处得此花，无乃好事移西蜀。
寸根千里不易到，衔子飞来定鸿鹄。
天涯流落俱可念，为饮一樽歌此曲。

明朝酒醒还独来，雪落纷纷那忍触。

第四册,2162 页

石芝（并引）

元丰三年五月十一日癸酉,夜梦游何人家,开堂西门有小园古井,井上皆苍石,石上生紫藤如龙蛇,枝叶如赤箭。主人言,此石芝也。余率尔折食一枝,众皆惊笑,其味如鸡苏而甘,明日作此诗。

空堂明月清且新，幽人睡息来初匀。
了然非梦亦非觉，有人夜呼祁孔宾。
披衣相从到何许，朱栏碧井开琼户。
忽惊石上堆龙蛇，玉芝紫笋生无数。
锵然敲折青珊瑚，味如蜜藕和鸡苏。
主人相顾一抚掌，满堂坐客皆卢胡。
亦知洞府嘲轻脱，终胜嵇康羡王烈。
神山一合五百年，风吹石髓坚如铁。

第四册,2190 页

次韵子由病酒肺疾发

忆子少年时，肺喘疲坐卧。
喊呀或终日，势若风雨过。
虚阳作浮涨，客冷仍下堕。
妻孥恐怅望，脍炙不登坐。
终年禁晚食，半夜发清饿。
胃敛鬲苦满，肺敛腹辄破。
三彭恣唉呐，二竖肯逋播。
寸田可治生，谁劝耕黄糯。
（新法方田谓上腴为黄糯）

探怀得真药，不待君臣佐。
初如雪花积，渐作樱珠大。
隔墙闻三咽，隐隐如转磨。
自兹失故疾，阳唱阴辄和。
神仙多历试，中路或坎坷。
平生不尽器，痛饮知无奈。
旧人眼看尽，老伴余几个。
残年一斗粟，待子同舂簸。
云何不自珍，醉病又一挫。
真源结梨枣，世味等糠莝。
耕耘当待获，愿子勤自课。
相将赋《远游》，仙语不用些。

第四册，2226 页

赠黄山人

面颊照人元自赤，眉毛覆眼见来乌。
倦游不拟谈玄牝，示病何妨出白须。
绝学已生真定惠，说禅长笑老浮屠。
东坡若肯三年住，亲与先生看药炉。

第四册，2356 页

南堂五首

其　二

暮年眼力嗟犹在，多病颠毛却未华。
故作明窗书小字，更开幽室养丹砂。

第四册，2444 页

去岁九月二十七日在黄州生子，名遁，小名干儿，颀然颖异至。今年七月二十八日病亡于金陵，作二诗哭之

我泪犹可拭，日远当日忘。
母哭不可闻，欲与汝俱亡。
故衣尚悬架，涨乳已流床。
感此欲忘生，一卧终日僵。
中年忝闻道，梦幻讲已详。
储药如丘山，临病更求方。
仍将恩爱刃，割此衰老肠。
知迷欲自反，一恸送余伤。

第四册，2606 页

送沈逵赴广南

嗟我与君皆丙子，四十九年穷不死。
君随幕府战西羌，夜渡冰河斫云垒。
飞尘涨天箭洒甲，归对妻孥真梦耳。
我谪黄冈四五年，孤舟出没烟波里。
故人不复通问讯，疾病饥寒疑死矣。
相逢握手一大笑，白发苍颜略相似。
我方北渡脱重江，君复南行轻万里。
功名如幻何足计，学道有涯真可喜。
勾漏丹砂已付君，汝阳瓮盎吾何耻。
君归趁我鸡黍约，买田筑室从今始。

第四册，2659 页

赠梁道人

采药壶公处处过，笑看金狄手摩挲。

老人大父识君久，造物小儿如子何。
寒尽山中无历日，雨斜江上一渔蓑。
神仙护短多官府，未厌人间醉踏歌。

第四册，2720 页

孙莘老寄墨四首

其　一

徂徕无老松，易水无良工。
珍材取乐浪，妙手惟潘翁。
鱼胞熟万杵，犀角盘双龙。
墨成不敢用，进入蓬莱宫。
蓬莱春昼永，玉殿明房栊。
金笺洒飞白，瑞雾萦长虹。
遥怜醉常侍，一笑开天容。

第四册，2754 页

其　四

吾穷本坐诗，久服朋友戒。
五年江湖上，闭口洗残债。
今来复稍稍，快痒如爬疥。
先生不讥诃，又复寄诗械。
幽光发奇思，点黮出荒怪。
诗成一自笑，故疾逢虾蟹。

第四册，2760 页

赠眼医王生彦若

针头如麦芒，气出如车轴。
间关络脉中，性命寄毛粟。
而况清净眼，内景含天烛。
琉璃贮沆瀣，轻脆不任触。

而子于其间，来往施锋镞。
笑谈纷自若，观者颈为缩。
运针如运斤，去翳如拆屋。
常疑子善幻，他技杂符祝。
子言吾有道，此理君未瞩。
形骸一尘垢，贵贱两草木。
世人方重外，妄见瓦与玉。
而我初不知，刺眼如刺肉。
君看目与翳，是翳要非目。
目翳苟二物，易分如麦菽。
宁闻老农夫，去草更伤谷。
鼻端有余地，肝胆分楚蜀。
吾于五轮间，荡荡见空曲。
如行九轨道，并驱无击毂。
空花谁开落，明月自朏朒。
请问乐全堂，忘言老尊宿。
（彦若，乐全先生门下医也）

第四册，2787 页

和仲伯达

归山岁月苦无多，尚有丹砂奈老何。
绣谷只应花自染，镜潭长与月相磨。
君方傍海看初日，我已横江击素波。
人不我知斯我贵，不须雷雨起龙梭。

第四册，2827 页

归宜兴留题竹西寺

其　二

道人劝饮鸡苏水，童子能煎罂粟汤。

暂借藤床与瓦枕，莫教辜负竹风凉。

第四册，2833 页

次韵钱舍人病起

床下龟寒且耐支，杯中蛇去未应衰。
殿门明日逢王傅，檑具争先看不疑。
坐觉香烟携袖少，独愁花影上廊迟。
何妨一笑千痾散，绝胜仓公饮上池。

第五册，3006 页

西山诗和者三十余人，再用前韵为谢

朱颜发过如春醅，胸中梨枣初未栽。
丹砂未易扫白发，赤松却欲参黄梅。
寒溪本自远公社，白莲翠竹依崔嵬。
当时石泉照金像，神光夜发如五台。
饮泉监面得真意，坐视万物皆浮埃。
欲收暮景返田里，远泝江水穷离堆。
还朝岂独羞老病，自叹才尽倾空罍。
诸公渠渠若夏屋，吞吐风月清隅隈。
我如废井久不食，古翻缺落生阴苔。
数诗往复相感发，汲新除旧寒光开。
遥知二月春江阔，雪浪倒卷云峰摧。
石中无声水亦静，云何解转空山雷。
欲就诸公评此语，要识忧喜何从来。
愿求南宗一勺水，往与屈贾湔余哀。

第五册，3054 页

送张天觉得山字

西登太行岭，北望清凉山。

晴空浮五髻，晻霭卿云间。
余光入岩石，神草出茅菅。
何人相指似，稍稍落人寰。
能令坠指儿，虬髯茁冰颜。
祝君如此草，为民已恫瘝。
我亦老且病，眼花腰脚顽。
念当勤致此，莫作河东悭。

第五册，3187页

谢王泽州寄长松兼简张天觉二首

其　一

莫道长松浪得名，能教覆额两眉青。
便将径寸同千尺，知有奇功似茯苓。

第五册，3220页

其　二

凭君说与埋轮使，速寄长松作解嘲。
（送张天觉诗有埋轮及河东悭之语）
无复青粘和漆叶，枉将钟乳敌仙茅。

第五册，3221页

上韩持国

韩氏三虎秉枢极，中有一虎似伟节。
端居隐几学无心，夙驾入朝常正色。
犯时独行太嵔壛，回天不忌真药石。
辇致归来荷二圣，推排使至有众力。
吾侪小人但饱饭，不有君子何能国。
西湖醉卧春水船，如何为人作丰年。

第五册，3227页

次韵王都尉偶得耳疾

君知六凿皆为赘，我有一言能决疣。
病客巧闻床下蚁，痴人强觑棘端猴。
聪明不在根尘里，药饵空为婢仆忧。
但试周郎看聋否，曲音小误已回头。

第五册，3242页

送乔仝寄贺君六首（并序）

旧闻靖长官、贺水部，皆唐末五代人，得道不死。章圣皇帝东封，有谒于道左者，其谒云晋水部员外郎贺亢，再拜而去，上不知也。已而阅谒，见之，大惊，物色求之不可得。天圣初，又使其弟子喻澄者诣阙进佛道像，直数千万。张公安道与澄游，具得其事。又有乔仝者，少得大风疾几死，贺使学道，今年八十，益壮盛。人无复见贺者，而仝数见之。元祐二年十二月，仝来京师十许日，余留之不可，曰贺以上元期我于蒙山，又曰吾师尝游密州，识君于常山道上，意若喜君者。

其一

君年二十美且都，初得恶疾堕眉须。
红颜白发惊妻孥，览镜自嫌欲弃躯。
结茅穷山啖松腴，路逢逃秦博士卢。
方瞳照野清而臞，再拜未起烦一呼。
觉知此身了非吾，炯然莲花出泥涂。
随师东游渡潍郏，山头见我两轮朱。
（潍、郏，密州二水名）
岂知仙人混屠沽，尔来八十胸垂胡。
上山如飞嗔人扶，东归有约不敢渝。
新年当参老仙儒，秋风西来下双凫，

得枣如瓜分我无?

第五册,3244页

其　五

旧闻父老晋郎官，已作飞腾变化看。
闻道东蒙有居处，愿供薪水看烧丹。

第五册,3250页

其　六

千古风流贺季真，最怜嗜酒谪仙人。
狂吟醉舞知无益，粟饭藜羹间养神。

第五册,3251页

次韵答张天觉二首

其　二

驭风骑气我何劳，且要长松作土毛。
亦如诃佛丹霞老，却向清凉礼白毫。

第五册,3266页

书艾宣画四首

黄精鹿

太华西南第几峰，落花流水自重重。
幽人只采黄精去，不见春山鹿养茸。

第五册,3287页

呈定国

旧病应逢医口药，新妆渐画入时眉。
信知诗是穷人物，近觉王郎不作诗。

第五册,3421页

次韵袁公济谢芎椒

燥吻时时著酒濡，要令卧疾致文殊。

河鱼溃腹空号楚，汗水流骹始信吴。
（《吴真君服椒法》云：半年脚心汗如水）
自笑方求三岁艾，不如长作独眠夫。
羡君清瘦真仙骨，更助飘飘鹤背躯。

第五册，3554 页

介亭饯杨杰次公

篮舆西出登山门，嘉与我友寻仙村。
丹青明灭风篁岭，环佩空响桃花源。
（郡人谓介亭山下为桃源路）
前朝欲上已蜡屐，黑云白雨如倾盆。
今晨积雾卷千里，岂畏触热生病根。
在家头陀无为子，久与青山为弟昆。
孤峰尽处亦何有，西湖镜天江抹坤。
临高麾手谢好住，清风万壑传其言。
风回响答君听取，我亦到处随君轩。

第五册，3571 页

安州老人食蜜歌

安州老人心似铁，老人心肝小儿舌。
不食五谷惟食蜜，笑指蜜蜂作檀越。
蜜中有诗人不知，千花百草争含姿。
老人咀嚼时一吐，还引世间痴小儿。
小儿得诗如得蜜，蜜中有药治百疾。
正当狂走捉风时，一笑看诗百忧失。
东坡先生取人廉，几人相欢几人嫌。
恰似饮茶甘苦杂，不如食蜜中边甜。
（佛云：吾言譬如食蜜，中边皆甜）
因君寄与双龙饼，镜空一照双龙影。

三吴六月水如汤，老人心似双龙井。

第五册，3580页

六观堂老人草书诗

六观，取《金刚经》梦、幻等六物也。老人，僧了性，精于医而善草书，下笔有远韵，而人莫知贵，故作此诗。

物生有象象乃滋，梦、幻无根成斯须。
方其梦时了非无，泡、影一失俯仰殊。
清露未晞电已徂，此灭灭尽乃真吾。
云如死灰实不枯，逢场作戏三昧俱。
化身为医忘其躯，草书非学聊自娱。
落笔已唤周越奴，苍鼠奋髯饮松腴。
剡藤玉版开雪肤，游龙天飞万人呼，莫作羞涩羊氏姝。

第六册，3749页

臂痛谒告作三绝句示四君子

其　一

公退清闲如致仕，酒余欢适似还乡。
不妨更有安心病，卧看萦帘一炷香。

其　二

心有何求遣病安，年来古井不生澜。
只愁戏瓦闲童子，却作泠泠一水看。

其　三

小阁低窗卧晏温，了然非默亦非言。
维摩示病吾真病，谁识东坡不二门。

第六册，3764页

独酌试药玉酒盏，有怀诸君子。明日望夜，月庭佳景不可失，作诗招之

镕铅煮白石，作玉真自欺。
琢削为酒杯，规摹定州瓷。
荷心虽浅狭，镜面良渺弥。
持此寿佳客，到手不容辞。
曹侯天下平，定国岂其师。
一饮至数石，温克颇似之。
风流越王孙，诗酒屡出奇。
喜我有此客，玉杯不徒施。
请君诘欧陈，问疾来何迟。
呼儿扫月榭，扶病及良时。

第六册，3790页

次韵致政张朝奉仍招晚饮

扫白非黄精，轻身岂胡麻。
怪君仁而寿，未觉生有涯。
曾经丹化米，亲授枣如瓜。
云蒸作雾楷，火灭噀雨巴。
自此养铅鼎，无穷走河车。
至今许玉斧，犹事萼绿华。
（君曾见永州何仙姑得药饵之，人疑其以此寿也，故有丹化米、萼绿华之句，皆女仙事）
我本三生人，畴昔一念差。
前生或草圣，习气馀惊蛇。
儒臞谢赤松，佛缚惭丹霞。

时时一篇出，扰扰四座哗。
清诗得可惊，信美辞多夸。
回车入官府，治具随贫家。
萍齑与豆粥，亦可成咄嗟。

第六册，3870 页

送陈伯修察院赴阙

裕陵固天纵，笔有云汉姿。
尝重连山象，不数秋风辞。
龙腾与虎变，狸豹复何施。
我穷真有数，文字乃见知。
闻君射策日，妙语发畴咨。
一日喧万口，惊倒同舍儿。
岂知二十年，道路犹迟迟。
苦言如药石，瞑眩终见思。
屈伸反覆手，独于君可疑。
四门方穆穆，行矣及此时。

第六册，3948 页

到官病倦，未尝会客。毛正仲惠茶，乃以端午小集石塔，戏作一诗为谢

我生亦何须，一饱万想灭。
胡为设方丈，养此肤寸舌。
尔来又衰病，过午食辄噎。
缪为淮海帅，每愧厨传缺。
爨无欲清人，奉使免内热。
空烦赤泥印，远致紫玉玦。
为君伐羔豚，歌舞菰黍节。
禅窗丽午景，蜀井出冰雪。

坐客皆可人，鼎器手自洁。
金钗候汤眼，鱼蟹亦应诀。
遂令色香味，一日备三绝。
报君不虚授，知我非轻啜。

第六册，3966页

在彭城日，与定国为九日黄楼之会。今复以是日相遇于宋凡十五年，忧乐出处有不可胜言者，而定国学道有得，百念灰冷而颜益壮。顾予衰病心形俱瘁感之作诗

菊盏萸囊自古传，长房宁复是臞仙。
应从汉武横汾日，数到刘公戏马年。
对玉山人虽老矣，见恒河性故依然。
王郎九日诗千首，今赋黄楼第二篇。

第六册，4057页

石芝诗（并引）

予昔梦食石芝，作诗记之。今乃真得石芝于海上，子由和前诗见寄。予顷在京师，有凿井得如小儿手以献者，臂指皆具，肤理若生。予闻之隐者曰，此肉芝也，与子由烹而食之。追记其事，复次前韵。

土中一掌婴儿新，爪指良是肌骨匀。
见之怖走谁敢食，天赐我尔不及宾。
旌阳远游同一许，长史玉斧皆门户。
我家韦布三百年，只有阴功不知数。
跪陈八簋加六瑚，化人视之真块苏。
肉芝烹熟石芝老，笑唾熊掌嚬雕胡。

老蚕作茧何时脱，梦想至人空激烈。
古来大药不可求，真契当如磁石铁。

第六册，4252页

次韵子由清汶老龙珠丹

天公不解防痴龙，玉函宝方出龙宫。
雷霆下索无处避，逃入先生衣袂中。
先生不作金椎袖，玩世徜徉隐屠酒。
夜光明月空自投，一锻何劳纬萧手。
黄门寡好心易足，荆棘不生梨枣熟。
玄珠白璧两无求，无胫金丹来入腹。
区区分别笑乐天，那知空门不是仙。

第六册，4267页

紫团参寄王定国

谽谺土门口，突兀太行顶。
岂惟团紫云，实自俯倒景。
刚风被草木，真气入苕颖。
旧闻人衔芝，生此羊肠岭。
纤攕虎豹鬣，蹙缩龙蛇瘿。
蚕头试小嚼，龟息变方聘。
矧予明真子，已造浮玉境。
清宵月挂户，半夜珠落井。
灰心宁复然，汗喘久已静。
东坡犹故目，北药致遗秉。
欲持三桠根，往侑九转鼎。
为子置齿颊，岂不贤酒茗。

第六册，4275页

朝云诗（并引）

世谓乐天有粥骆马放杨柳枝词，嘉其主老病不忍去也。然梦得有诗云：春尽絮飞留不得，随风好去落谁家。乐天亦云：病与乐天相伴住，春随樊子一时归。则是樊素竟去也。予家有数妾，四五年相继辞去，独朝云者随予南迁。因读乐天集，戏作此诗。朝云姓王氏，钱塘人，尝有子曰干儿，未期而夭云。

不似杨枝别乐天，恰如通德伴伶玄。
阿奴络秀不同老，天女维摩总解禅。
经卷药炉新活计，舞衫歌扇旧因缘。
丹成逐我三山去，不作巫阳云雨仙。

第七册，4449页

和子由次月中梳头韵

夏畦流膏白雨翻，北窗幽人卧羲轩。
风轮晓入春笋节，露珠夜上秋禾根。
（或为予言：草木之长常在昧明间，早作而伺之，乃见其枝起数寸，竹笋尤甚。又夏秋之交，稻方含秀，黄昏月出，露珠起于其根，累累然忽自腾上，若有推之者，或入于茎心，或垂于叶端，稻乃秀实，验之信然。此二事与子由养生之说契，故以此为寄）
从来白发有公道，始信丹经非妄言。
此身法报本无二，他年妙绝兼形魂。
（《传灯录》有形神俱妙者，乃不复有解化之事）

第七册，4595页

和陶读《山海经》(并引)

渊明读《山海经》十三首,其七皆仙语,余读《抱朴子》有所感,用其韵赋之。

其　六

二山在咫尺，灵药非草木。
玄芝生太元，黄精出长谷。
仙都浩如海，岂不供一浴。
何当从山火，束缊分寸烛。

第七册,4634页

其　八

黄华冒甘谷，灵根固深长。
廖井窖丹砂，红泉涌寻常。
二女戏口鼻，松膏以为粮。
闻此不能寐，起坐夜未央。

第七册,4636页

其　十

金丹不可成，安期渺云海。
谁谓黄门妻，至道乃近在。
尸解竟不传，化去空余悔。
丹成亦安用，御气本无待。

第七册,4640页

其十一

郑君故多方，元翁所亲指。
奇文二百篇，了未出生死。
素书在黄石，岂敢乱跪履。
万法等成坏，金丹差可恃。

第七册,4641页

次韵正辅同游白水山

只知楚越为天涯，不知肝胆非一家。
此身如线自萦绕，左旋右转随缫车。
误抛山林入朝市，平地咫尺千褒斜。
欲从稚川隐罗浮，先与灵运开永嘉。
首参虞舜款韶石，次谒六祖登南华。
仙山一见五色羽，雪树两摘南枝花。
赤鱼白蟹箸屡下，黄柑绿橘笾常加。
糖霜不待蜀客寄，荔支莫信闽人夸。
恣倾白蜜收五棱，细劚黄土栽三椏。
（正辅分人参一苗，归种韶阳。来诗本用砸字，惠州无书，不见此字所出，故且从木奉和）
朱明洞里得灵草，翩然放杖凌苍霞。
岂无轩车驾熟鹿，亦有鼓吹号寒蛙。
仙人劝酒不用勺，石上自有樽罍洼。
径从此路朝玉阙，千里莫遣毫厘差。
故人日夜望我归，相迎欲到长风沙。
岂知乘槎天女侧，独倚云机看织纱。
世间谁似老兄弟，笃爱不复相疵瑕。
相携行到水穷处，庶几一见留子嗟。
千年枸杞常夜吠，无数草棘工藏遮。
但令凡心一洗濯，神人仙药不我遐。
山中归来万想灭，岂复回顾双云鸦。

第七册，4657 页

与正辅游香积寺

越山少松竹，常苦野火厄。

此峰独苍然，感荷佛祖力。
茯苓无人采，千岁化琥珀。
幽光发中夜，见者惟木客。
我岂无长镵，真赝苦难识。
灵苗与毒草，疑似在毫发。
把玩竟不食，弃置长太息。
山僧类有道，辛苦常谷汲。
我惭作机舂，凿破混沌穴。
幽寻恐不继，书板记岁月。

第七册,4664 页

食槟榔

月照无枝林，夜栋立万础。
眇眇云间扇，荫此九月暑。
上有垂房子，下绕绛刺御。
风欺紫凤卵，雨暗苍龙乳。
裂包一堕地，还以皮自煮。
北客初未谙，劝食俗难阻。
中虚畏泄气，始嚼或半吐。
吸津得微甘，著齿随亦苦。
面目太严冷，滋味绝媚妩。
诛彭勋可策，推毂勇宜贾。
瘴风作坚顽，导利时有补。
药储固可尔，果录讵用许。
先生失膏粱，便腹委败鼓。
日啖过一粒，肠胃为所侮。
蛰雷殷脐肾，藜藿腐亭午。
书灯看膏尽，钲漏历历数。
老眼怕少睡，竟使赤眦努。

渴思梅林咽，饥念黄独举。
奈何农经中，收此困羁旅。
牛舌不饷人，一斛肯多与。
乃知见本偏，但可酬恶语。

第七册，4668页

十一月九日，夜梦与人论神仙道术因作一诗八句。即觉，颇记其语，录呈子由弟。后四句不甚明了，今足成之耳

析尘妙质本来空（梦中于此句若了然有所得者），更积微阳一线功。
照夜一灯长耿耿，闭门千息自濛濛。
养成丹灶无烟火，点尽人间有晕铜。
寄语山神停伎俩，不闻不见我何穷。

第七册，4676页

小圃五咏

人　参

上党天下脊，辽东真井底。
玄泉倾海腴，白露洒天醴。
灵苗此孕毓，肩肢或具体。
移根到罗浮，越水灌清泚。
地殊风雨隔，臭味终祖祢。
青桠缀紫萼，圆实堕红米。
穷年生意足，黄土手自启。
上药无炮炙，龁啮尽根柢。
开心定魂魄，忧恚何足洗。
糜身辅吾生，既食首重稽。

第七册，4683页

地　黄

地黄饲老马，可使光鉴人。
吾闻乐天语，喻马施之身。
我衰正伏枥，垂耳气不振。
移栽附沃壤，蕃茂争新春。
沉水得稚根，重汤养陈薪。
投以东阿清，和以北海醇。
崖蜜助甘冷，山姜发芳辛。
融为寒食饧，嚥作瑞露珍。
丹田自宿火，渴肺还生津。
愿饷内热子，一洗胸中尘。

第七册，4686页

枸　杞

神药不自閟，罗生满山泽。
日有牛羊忧，岁有野火厄。
越俗不好事，过眼等茨棘。
青荑春自长，绛珠烂莫摘。
短篱护新植，紫笋生卧节。
根茎与花实，收拾无弃物。
大将玄吾鬓，小则饷我客。
似闻朱明洞，中有千岁质。
灵庞或夜吠，可见不可索。
仙人倘许我，借杖扶衰疾。

第七册，4688页

甘　菊

越山春始寒，霜菊晚愈好。
朝来出细粟，稍觉芳岁老。
孤根荫长松，独秀无众草。
晨光虽照耀，秋雨半摧倒。

先生卧不出，黄叶纷可扫。
无人送酒壶，空腹嚼珠宝。
香风入牙颊，楚些发天藻。
新荑蔚已满，宿根寒不槁。
扬扬弄芳蝶，生死何足道。
颇讶昌黎翁，恨尔生不早。

第七册，4691 页

薏 苡

伏波饭薏苡，御瘴传神良。
能除五溪毒，不救谗言伤。
谗言风雨过，瘴疠久亦亡。
两俱不足治，但爱草木长。
草木各有宜，珍产骈南荒。
绛囊悬荔支，雪粉剖桄榔。
不谓蓬荻姿，中有药与粮。
春为芡珠圆，炊作菰米香。
子美拾橡栗，黄精诳空肠。
今吾独何者，玉粒照座光。

第七册，4693 页

二月八日，与黄寔、僧昙颖过逍遥堂何道士宗一问疾

安心守玄牝，闭眼觅《黄庭》。
问疾来三士，浇愁有半瓶。
风杈时落蕊，病鹤不梳翎。
樽空我归去，山月照君醒。

第七册，4725 页

和子由盆中石菖蒲忽生九花

春荑秋夹两须臾，神药人间果有无。

无鼻何由识薝卜，有花今始信菖蒲。
芳心未饱两蛱蝶，寒意知鸣几蟪蛄。
记取明年十二节，小儿休更籥霜须。

第七册，4756页

和陶酬刘柴桑

红薯与紫芽，远插墙四周。
且放幽兰春，莫争霜菊秋。
穷冬出瓮盎，磊落胜农畴。
淇上白玉延，能复过此不，不思马少游。

第七册，4786页

海上道人传以神守气诀

但向起时作，还于作处收。
蛟龙莫放睡，雷雨直须休。
要会无穷火，尝观未尽油。
夜深人散后，惟有一灯留。

第七册，4792页

赠陈守道

一气混沦生复生，有形有心即有情。
共见利欲饮食事，各有爪牙头角争。
争时怒发霹雳火，险处直在嵌岩坑。
人伪相加有余怨，天真丧尽无纯诚。
徒自取先用极力，谁知所得皆空名。
少微处士松柏寒，蓬莱真人冰玉清。
山是心兮海为腹，阳为神兮阴为精。
渴饮灵泉水，饥食玉树枝。
白虎化坎青龙离，锁禁奼女关婴儿。

楼台十二红玻璃，木公金母相东西。
纯铅真汞星光辉，乌升兔降无年期。
停颜却老只如此，哀哉世人迷不迷。

第七册，4793页

辨道歌

北方正气名祛邪，东郊西应归中华。
离南为室坎为家，光凝白雪生黄芽。
黄河流驾紫河车，水精池产红莲花。
赤龙腾霄惊盘蛇，姹女含笑婴儿呀。
十二楼瞰灵泉洼，华池玉液阴交加。
子驰午前无停差，三田聚宝真生涯。
龟精凤髓填谽谺，天地骇有鬼神嗟。
一丹休别内外砂，长修久饵须叔遐。
肠中澄结无余柤，俗骨变换颜如葩。
哀哉世人争齿牙，指伪为真正为哇。
轻肥甘美形骄奢，谲诡诈妄言矜夸。
游鱼在网兔在罝，一气顿尽犹呕哑。
余生所托诚栖槎，九原枯髀如乱麻。
胡不割众如莫邪，空与利名交掌拿。
胡不让霜如文骃，可惜贪爱相漫涂。
真心道意非不嘉，餐金闲话非虚哗。
何须横议相疵瑕，众口并发鸣群鸦。
安知聚散同鱼虾，自缠如茧居如蜗。
日怀嗔喜甘笼篵，其去死地犹猎猳。
吾恨尔见有所遮，海波或至惊井蛙。
乌轮即晚蟾影斜，吾时俱睹超云霞。

第七册，4797页

和陶杂诗十一首

其　四

相如偶一官，嗤鄙蜀父老。
不记犊鼻时，涤器混佣保。
著书曾几何，渴肺灰土燥。
琴台有遗魄，笑我归不早。
作书遗故人，皎皎我怀抱。
馀生幸无愧，可与君平道。

第七册，4918 页

其　六

博大古真人，老聃关尹喜。
独立万物表，长生乃余事。
稚川差可近，倘有接物意。
我顷登罗浮，物色恐相值。
徘徊朱明洞，沙水自清驶。
满把菖蒲根，叹息复弃置。

第七册，4920 页

和陶赠羊长史

得郑嘉会靖老书，欲于海舶载书千余卷见借。因读渊明《赠羊长史》诗云：愚生三季后，慨然念黄虞。得知千载事，上赖古人书。次其韵以谢郑君。

我非皇甫谧，门人如挚虞。
不持两鸱酒，肯借一车书。
欲令海外士，观经似鸿都。
结发事文史，俯仰六十喻。
老马不耐放，长鸣思服舆。

故知根尘在，未免病药俱。
念君千里足，历块犹踟蹰。
好学真伯业，比肩可相如。
此书久已熟，救我今荒芜。
顾惭桑榆迫，久厌诗书娱。
奏赋病未能，草玄老更疏。
犹当距杨墨，稍欲惩荆舒。

第七册，4938页

独　觉

瘴雾三年恬不怪，反畏北风生体疥。
朝来缩颈似寒鸦，焰火生薪聊一快。
红波翻屋春风起，先生默坐春风里。
浮空眼缬散云霞，无数心花发桃李。
悠然独觉午窗明，欲觉犹闻醉鼾声。
回首向来萧瑟处，也无风雨也无晴。

第七册，4945页

以黄子木拄杖为子由生日之寿

灵寿扶孔光，菊潭饮伯始。
虽云闲草木，岂乐蒙此耻。
一时偶收用，千载相瘢疻。
海南无嘉植，野果名黄子。
坚瘦多节目，天材任操倚。
嗟我始剪裁，世用或缘此。
贵从老夫手，往配先生几。
相从归故山，不愧仙人杞。
（《本草》：枸杞一名仙人杖）

第七册，5016页

用过韵，冬至与诸生饮酒

小酒生黎法，干糟瓦盎中。
芳辛知有毒，滴沥取无穷。
冻醴寒初泫，春醅暖更饛。
华夷两樽合，醉笑一欢同。
里闬峨山北，田园震泽东。
归期那敢说，安讯不曾通。
鹤鬓惊全白，犀围尚半红。
愁颜解符老，寿耳斗吴翁。
得谷鹅初饱，亡猫鼠益丰。
黄姜收土芋，苍耳斫霜丛。
儿瘦缘储药，奴肥为种松。
频频非窃食，数数尚乘风。
河伯方夸若，灵娲自舞冯。
归途陷泥淖，炬火燎茅蓬。
膝上王文度，家传张长公。
和诗仍醉墨，戏海乱群鸿。

第七册,5029页

真一酒歌（并引）

布算以步五星，不如仰观之捷；吹律以求中声，不如耳齐之审。铅汞以为药，策易以候火，不如天造之真也。是故神宅空，乐出虚，蹋踘者以气升，孰能推是理以求天造之药乎？于此有物，其名曰真一，远游先生方治此道，不饮不食，而饮此酒，食此药，居此堂。予亦窃其一二，故作《真一》之歌。其词曰：

空中细茎插天芒，不生沮泽生陵冈。

涉阅四气更六阳，森然不受螟与蝗。
飞龙御月作秋凉，苍波改色屯云黄。
天旋雷动玉尘香，起搜十裂照坐光。
蹦趺牛噍安且详，动摇天关出琼浆。
壬公飞空丁女藏，三伏遇井了不尝。
酿为真一和而庄，三杯俨如侍君王。
湛然寂照非楚狂，终身不入无功乡。

第七册，5110 页

将至广州用过韵寄迈迨二子

皇天遣出家，临老乃学道。
北归为儿子，破戒堪一笑。
披云见天眼，回首失海潦。
蛮唱与黎歌，余音犹杳杳。
大儿牧众稚，四岁守孤峤。
次子病学医，三折乃粗晓。
小儿耕且养，得暇为书绕。
我亦困诗酒，去道愈茫渺。
纷纷何时定，所至皆可老。
莫学柳仪曹，诗书教氓獠。
亦莫事登陟，溪山有何好。
安居与我游，闭户净洒扫。

第八册，5170 页

周教授索枸杞因以诗赠录呈广倅萧大夫

郫侯藏书手不触，嗟我嗜书终日读。
短檠照字细如毛，怪底眼花悬两目。
扶衰赖有王母杖，名字于今挂仙录。
荒城古堑草露寒，碧叶丛低红菽粟。

春根夏苗秋著子，尽付天随耻充腹。
兰伤桂折缘有用，尔独何损丹其族。
赠君慎勿比薏苡，采之终日不盈掬。
外泽中干非尔俦，敛藏更借秋阳曝。
鸡壅桔梗一称帝，堇也虽尊等臣仆。
时复论功不汝遗，异时谨事东篱菊。

第八册，5180页

次韵郑介夫二首

其　二

一生忧患萃残年，心似惊蚕未易眠。
海上偶来期汗漫，苇间犹得见延缘。
良医自要经三折，老将何妨败两甄。
收取桑榆种梨枣，祝君眉寿似增川。

第八册，5206页

次韵韶守狄大夫见赠二首

其　一

华发萧萧老遂良（褚河南帖云，即日遂良须发尽白，盖谪长沙时也），一身萍挂海中央。
无钱种菜为家业，有病安心是药方。
才疏正类孔文举，痴绝还同顾长康。
万里归来空泣血，七年供奉殿西廊。
（迩英阁，在延和殿西廊下）

第八册，5210页

次韵韶倅李通直二首

其　二

青山只在古城隅，万里归来卜筑初。
会见四山朝鹤驾，更看二李控鲸鱼。
欲从抱朴传家学，应怪中郎得异书。
待我丹成驭风去，借君琼佩与霞裾。
(仆昔为开封幕，先公为赤令，暇日相与论内外丹，且出其丹示仆。今三十年，而见君曲江，同游南华，行山水间数日，道旧感叹，且劝我卜居于舒，故诗中皆及之)

第八册，5225页

狄韶州煮蔓菁芦菔羹

我昔在田间，寒疱有珍烹。
常支折脚鼎，自煮花蔓菁。
中年失此味，想像如隔生。
谁知南岳老，解作东坡羹。
中有芦菔根，尚含晓露清。
勿语贵公子，从渠醉膻腥。

第八册，5228页

睡起闻米元章冒热到东园送麦门冬饮子

一枕清风直万钱，无人肯买北窗眠。
开心暖胃门冬饮，知是东坡手自煎。

第八册，5329页

答径山琳长老

与君皆丙子，各已三万日。
一日一千偈，电往那容诘。
大患缘有身，无身则无疾。
平生笑罗什，神咒真浪出。

第八册，5333页

端午帖子词·皇帝阁六首

采秀撷群芳，争储百药良。
太医初荐艾，庶草验蕃昌。

第八册，5366页

端午帖子词·太皇太后阁六首

其　四

令节陈诗岁岁新，从官何以寿吾君。
愿储医国三年艾，不作沉湘《九辩》文。

第八册，5373页

端午帖子词·皇太后阁六首

其　二

万寿菖蒲酒，千金琥珀杯。
年年行乐处，新月挂池台。

第八册，5377页

皎然禅师《赠吴凭处士》诗云“世人不知心是道，只言道在西方妙。还如瞽者望长安，长安在东向西笑”。东坡居士代答云

寒时便具热时风，饥汉那知食药功。

莫怪禅师向西笑，缘师身在长安东。

第八册，5537 页

咏槟榔

异味谁栽向海滨，亭亭直干乱枝分。
开花树杪翻青箨，结子苞中皱锦纹。
可疗饥怀香自吐，能消瘴疠暖如薰。
堆盘何物堪为偶，蒌叶清新卷翠云。

第八册，5566 页

过岭寄子由三首

七年来往我何堪，又试曹溪一勺甘。
梦里似曾迁海外，醉中不觉到江南。
波生濯足鸣空涧，雾绕征衣滴翠岚。
谁遣山鸡忽惊起，半岩花雨落毵毵。

投章献策谩多谈，能雪冤忠死亦甘。
一片丹心天日下，数行清泪岭云南。
光荣归佩呈佳瑞，瘴疠幽居弄晚岚。
从此西风庾梅谢，却迎谁与马毵毵。

山林瘴雾老难堪，归去中原茶亦甘。
有命谁怜终反北，无心却笑亦巢南。
蛮音惯习疑伧语，脾病萦缠带岭岚。
赖有祖师清净水，尘埃一洗落毵毵。

第八册，5631 页

失题二首

其　一

山行似觉鸟声殊，渐近神仙简寂居。
门外长溪容净足，山腰苦笋耿盘蔬。
乔松定有藏丹处，大石仍存拜斗余。
弟子苍髯年八十，养生世世授遗书。

第八册,5667 页

和陶拟古九首

其　八

棚田种紫芝，有根未堪采。
逡巡岁月度，太息毛发改。
晨朝玉露下，滴沥投沧海。
须芽忽长茂，枝叶行可待。
夜烧沉水香，持戒勿中悔。

第八册,5790 页

下编 文集

后杞菊赋（并序）

天随生自言常食杞菊。及夏五月，枝叶老硬，气味苦涩，犹食不已。因作赋以自广。始余尝疑之，以为士不遇，穷约可也。至于饥饿嚼啮草木，则过矣。而予仕宦十有九年，家日益贫。衣食之奉，殆不如昔者。及移守胶西，意且一饱。而斋厨索然，不堪其忧。日与通守刘君廷式循古城废圃求杞菊食之。扪腹而笑。然后知天随生之言可信不谬。作《后杞菊赋》以自嘲，且解之云。

“吁嗟！先生，谁使汝坐堂上，称太守！前宾客之造请，后掾属之趋走。朝衙达午，夕坐过酉。曾杯酒之不设，揽草木以诳口。对案颦蹙，举箸噎呕。昔阴将军设麦饭与葱叶，井丹推去而不嗅。怪先生之眷眷，岂故山之无有？”先生听然而笑曰：“人生一世，如屈伸肘。何者为贫，何者为富？何者为美，何者为陋？或糠覈而瓠肥，或粱肉而墨瘦。何侯方丈，庾郎三九。较丰约于梦寐，卒同归于一朽。吾方以杞为粮，以菊为糗。春食苗，夏食叶，秋食花实而冬食根，庶几乎西河南阳之寿。”

第十册，13页

服胡麻赋（并序）

始余尝服茯苓，久之良有益也。梦道士谓余：“茯苓燥，当杂胡麻食之。”梦中问道士：“何者为胡麻？”道士言：“脂麻是也。”既而读《本草》，云：“胡麻，一名狗虱，一名方茎，黑者为巨胜。其油正可作食。”则胡麻之为脂麻，信矣。又云：“性与茯苓相宜。”于是始异斯梦，方将以其说食之，而子由赋茯苓以示余。乃作《服胡麻赋》以答之。世间人闻服脂麻以致神仙，必大笑。求胡麻而不可得，则取山苗野草之实以当之，此古所谓“道在迩而求诸远”者欤？其词曰：

我梦羽人，颀而长兮。惠而告我，药之良兮。乔松千尺，老不僵兮。流膏入土，龟蛇藏兮。得而食之，寿莫量兮。于此有草，众所尝兮。状如狗虱，其茎方兮。夜炊昼曝，久乃藏兮。茯苓为君，此其相兮。我兴发书，若合符兮。乃瀹乃蒸，甘且腴兮。补填骨髓，流发肤兮。是身如云，我何居兮。长生不死，道之余兮。神药如蓬，生尔庐兮。世人不信，空自劬兮。搜抉异物，出怪迂兮。槁死空山，固其所兮。至阳赫赫，发自坤兮。至险肃肃，跻于乾兮。寂然反照，珠在渊兮。沃之不灭，又不燔兮。长虹流电，光烛天兮。嗟此区区，何与于其间兮。譬之膏油，火之所传而已耶？

第十册，18页

秋阳赋

越王之孙，有贤公子，宅于不土之里，而咏无言之诗。以告东坡居士曰："吾心皎然，如秋阳之明；吾气肃然，如秋阳之清；吾好善而欲成之，如秋阳之坚百谷；吾恶恶而欲刑之，如秋阳之陨群木。夫是以乐而赋之。子以为何如？"居士笑曰："公子何自知秋阳哉？生于华屋之下，而长游于朝廷之上，出拥大盖，入侍帏幄，暑至于温，寒至于凉而已矣。何自知秋阳哉？若予者，乃真知之。方夏潦之淫也，云蒸雨泄，雷电发越，江湖为一，后土冒没，舟行城郭，鱼龙入室。菌衣生于用器，蛙蚓行于几席。夜违湿而五迁，昼燎衣而三易。是犹未足病也。耕于三吴，有田一廛。禾已实而生耳，稻方秀而泥蟠。沟塍交通，墙壁颓穿。面垢落塈之涂，目泫湿薪之烟。釜甑其空，四邻悄然。鹳鹤鸣于户庭，妇宵兴而永叹。计有食其几何，矧无衣于穷年。忽釜星之杂出，又灯花之双悬。清风西来，鼓钟其镗。奴婢喜而告余，此雨止之祥也。早作而占之，则长庚澹其不芒矣。浴于旸谷，升于扶桑。曾未转盼，而倒景飞于屋梁矣。方是时也，如醉而醒，如喑而鸣，如痿而起行，如还故乡初见父兄。公子亦有此乐乎？"公子曰："善哉！吾虽不身履，而可以意知也。"居士曰："日行于天，南北异宜。赫然而炎非其虐，穆然而温非其慈。且今之温者，昔之炎者也。云何以夏为盾而以冬为衰乎？吾侪小人，轻愠易喜。彼冬夏之畏爱，乃群狙之三四。自今知之，可以无惑。居不墐户，出不仰笠，暑不言病，以无忘秋阳之德。”公子拊掌，一笑而作。

第十册，47 页

中山松醪赋

始余宵济于衡漳，车徒涉而夜号。燧松明而识浅，散星宿于亭皋。郁风中之香雾，若诉予以不遭。岂千岁之妙质，而死斤斧于鸿毛。效区区之寸明，曾何异于束蒿。烂文章之纠缠，惊节解而流膏。嗟构厦其已远，尚药石之可曹。收薄用于桑榆，制中山之松醪。救尔灰烬之中，免尔萤爝之劳。取通明于盘错，出肪泽于烹熬。与黍麦而皆熟，沸春声之嘈嘈。味甘余而小苦，叹幽姿之独高。知甘酸之易坏，笑凉州之蒲萄。似玉池之生肥，非内府之蒸羔。酌以瘿藤之纹樽，荐以石蟹之霜螯。曾日饮之几何，觉天刑之可逃。投拄杖而起行，罢儿童之抑搔。望西山之咫尺，欲褰裳以游遨。跨超峰之奔鹿，接挂壁之飞猱。遂从此而入海，渺翻天之云涛。使夫嵇、阮之伦，与八仙之群豪。或骑麟而翳风，争榼挈而瓢操。颠倒白纶巾，淋漓宫锦袍。追东坡而不可及，归哺歠其醨糟。漱松风于齿牙，犹足以赋《远游》而续《离骚》也。

第十册，57 页

沉香山子赋（子由生日作）

古者以芸为香，以兰为芬，以郁鬯为裸，以脂萧为焚，以椒为涂，以蕙为薰。杜衡带屈，菖蒲荐文。麝多忌而本羶，苏合若芗而实荤。嗟吾知之几何，为六入之所分。方根尘之起灭，常颠倒其天君。每求似于仿佛，或鼻劳而妄闻。独沉水为近正，可以配薝卜而并云。矧儋崖之异产，实超然而不群。既金坚而玉润，亦鹤骨而龙筋。惟膏液之内足，故把握而兼斤。顾占城之枯朽，宜爨釜而燎蚊。

宛彼小山，巉然可欣。如太华之倚天，象小孤之插云。往寿子之生朝，以写我之老勤。子方面壁以终日，岂亦归田而自耘。幸置此于几席，养幽芳于帨帉。无一往之发烈，有无穷之氤氲。盖非独以饮东坡之寿，亦所以食黎人之芹也。

第十册，63 页

礼以养人为本论

三代之衰，至于今且数千岁。豪杰有意之主，博学多识之臣，不可以胜数矣，然而礼废乐坠，则相与咨嗟发愤而卒于无成者，何也？是非其才之不逮，学之不至，过于论之太详，畏之太甚也？夫礼之初，始诸人情，因其所安者，而为之节文，凡人情之所安而有节者，举皆礼也，则是礼未始有定论也。然而不可以出于人情之所不安，则亦未始无定论也。执其无定以为定论，则途之人皆可以为礼。

今儒者之论则不然，以为礼者，圣人之所独尊，而天下之事最难成者也。牵于繁文，而拘于小说，有毫毛之差，则终身以为不可。论明堂者，惑于《考工》《吕令》之说；议郊庙者，泥于郑氏、王肃之学。纷纷交错者，累岁而不决。或因而遂罢，未尝有一人果断而决行之。此皆论之太详而畏之太甚之过也。

夫礼之大意，存乎明天下之分，严君臣、笃父子、形孝弟而显仁义也。今不幸去圣人远，有如毫毛不合于三代之法，固未害其为明天下之分也，所以严君臣、笃父子、形孝弟而显仁义者犹在也。今使礼废而不修，则君臣不严，父子不笃，孝弟不形，义不显，反不足重乎？

昔者西汉之书，始于仲舒，而至于刘向，悼礼乐之不兴，故其言曰：“礼以养人为本。如有过差，是过而养人也。刑罚之过，或至杀伤。今吏议法，笔则笔，削则削，而至礼乐则不敢。是敢于杀人，而不敢于养人也。”而范晔以为“乐非夔、襄而新音代作，律谢皋、苏而法令亟易”。而至于礼，独何难欤？

夫法者，末也。又加以惨毒繁难，而天下常以为急。礼者，本也。又加以和平简易，而天下常以为缓。如此而不治，则又从而尤之曰，是法未至也，则因而急之。甚矣，人之惑也。平居治气养生，宣故而纳新，其行之甚易，其过也无大患，然皆难之而不为。悍药毒石，以搏去其疾，则皆为之。此天下之公患也。呜呼，王者得斯说而通之，礼乐之兴，庶乎有日矣。

第十册,200页

孙武论下

夫武，战国之将也，知为吴虑而已矣。是故以将用之则可，以君用之则不可。今其书十三篇，小至部曲营垒刍粮器械之间，而大不过于攻城拔国用间之际，盖亦尽于此矣。天子之兵，天下之势，武未及也。

其书曰："将能而君不御者胜。"为君而言者，有此而已。窃以为天子之兵，莫大于御将。天下之势，莫大于使天下乐战而不好战。夫天下之患，不在于寇贼，亦不在于敌国，患在于将帅之不力，而以寇贼敌国之势内邀其君。是故将帅多，而敌国愈强，兵加，而寇贼愈坚。敌国愈强，而寇贼愈坚，则将帅之权愈重。将帅之权愈重，则爵赏不得不加。夫如此，则是盗贼为君之患，而将帅利之；敌国为君之仇，而将帅幸之。举百倍之势，而立毫芒之功，以藉其口，而邀利于其上，如此而天下不亡者，特有所待耳。

昔唐之乱，始于明皇。自肃宗复两京，而不能乘胜并力尽取河北之盗。德宗收潞博，几定魏地，而不能斩田悦于孤穷之中。至于宪宗，天下略平矣，而其余孽之存者，终不能尽去。夫唐之所以屡兴而终莫之振者，何者？将帅之臣，养寇以自封也。故曰：天子之兵，莫大于御将。御将之术，开之以其所利，而授之以其所忌。如良医之用药，乌喙蝮蝎，皆得自效于前，而不敢肆其毒。何者？授之以其所畏也。宪宗将讨刘辟，以为非高崇文则莫可用，而刘澭者崇文之所忌也，故告之曰："辟之不克，将澭实汝代。"是以崇文决战，不旋踵擒刘辟，此天子御将之法也。

夫使天下乐战而不好战者，何也？天下不乐战，则不可与从事于危；好战，则不可与从事于安。昔秦人之法，使吏士自为战，战胜而利归于民，所得于敌者，即以有之。使民之所以养生送死者，非杀敌无由取也。故其民以好战并天下，而亦以亡。夫始皇虽已坠名城，杀豪杰，销锋镝，而民之好战之心，嚣然其未已也，是故不可与休息而至于亡。若夫王者之兵，要在于使之知爱其上而仇其敌，使之知其上之所以驱之于战者，凡皆以为我也。是以乐其战而甘其死。至于其战也，务胜敌而不务得财。其赏也，发公室而行之于庙，使其利不在于杀人。是故其民不志于好战。夫然后可以作之于安居之中，而休之于争夺之际。可与安，可与危，而不可与乱。此天下之势也。

第十册，319页

思治论（嘉祐八年作）

方今天下何病哉！其始不立，其卒不成，惟其不成，是以厌之而愈不立也。凡人之情，一举而无功则疑，再则倦，三则去之矣。今世之士，所以相顾而莫肯为者，非其无有忠义慷慨之志也，又非其才术谋虑不若人也，患在苦其难成而不复立。不知其所以不成者，罪在于不立也。苟立而成矣。

今世有三患而终莫能去，其所从起者，则五六十年矣。自宫室祷祠之役兴，钱币茶盐之法坏，加之以师旅，而天下常患无财。五六十年之间，下之所以游谈聚议，而上之所以变政易令以求丰财者，不可胜数矣，而财终不可丰。自澶渊之役，北虏虽求和，而终不得其要领，其后重之以西羌之变，而边陲不宁，二国益骄。以战则不胜，以守则不固，而天下常患无兵。五六十年之间，下之所以游谈聚议，而上之所以变政易令以求强兵者，不可胜数矣，而兵终不可强。自选举之格严，而吏拘于法，不志于功名；考功课吏之法坏，而贤者无所劝，不肖者无所惧，而天下常患无吏。五六十年之间，下之所以游谈聚议，而上之所以变政易令以求择吏者，不可胜数矣，而吏终不可择。财之不可丰，兵之不可强，吏之不可择，是岂真不可耶？故曰："其始不立，其卒不成，惟其不成，是以厌之而愈不立也。"

夫所贵于立者，以其规摹先定也。古之君子，先定其规摹，而后从事，故其应也有候，而其成也有形。众人以为是汗漫不可知，而君子以为理之必然，如炊之无不熟，种之无不生也。是故其用力省而成功速。

昔者子太叔问政于子产。子产曰："政如农功，日夜以思之，思其始而图其终，朝夕而行之，行无越思，如农之有畔。"子产以为不思而行，与凡行而出于思之外者，如农之无畔也，其始虽勤，而终必弃之。今夫富人之营宫室也，必先料其赀财之丰约，以制宫室之大小，既内决于心，然后择工之良者而用一人焉，必告之曰："吾将为屋若干，度用材几何？役夫几人？几日而成？土石材苇，吾于何取之？"其工之良者必告之曰："某所有木，某所有石，用材役夫若干，某日而成。"主人率以听焉。及期而成，既成而不失当，则规摹之先定也。

今治天下则不然。百官有司，不知上之所欲为也，而人各有心。好大者欲王，好权者欲霸，而偷者欲休息。文吏之所至，则治刑狱，而聚敛之臣，则以货财为急。民不知其所适从也。及其发一政，则曰姑试行之而已，其济与否，固未可知也。前之政未见其利害，而后之政复发矣。凡今之所谓新政者，听其始之议论，岂不甚美而可乐哉。然而布出于天下，而卒不知其所终。何则？其规摹不先定也。用舍系于好恶，而废兴决于众寡。故万全之利，以小不便而废者有之矣；百世之患，以小利而不顾者有之矣。所用之人无常责，而所发之政无成效。此犹适千里不斋粮而假丐于涂人；治病不知其所当用之药，而百药皆试，以侥幸于一物之中。欲三患之去，不可得也。

昔者太公治齐，周公治鲁，至于数十世之后，子孙之强弱，风俗之好恶，皆可得而逆知之。何者？其所施专一，则其势固有以使之也。管仲相桓公，自始为政而至于霸，其所施设，皆有方法。及其成功，皆知其所以然，至今可覆也。咎犯之在晋，范蠡之在越，文公、勾践尝欲用其民，而二臣皆以为未可，及其以为可用也，则破楚灭吴，如寄诸其邻而取之。此无他，见之明而策之熟也。

夫今之世，亦与明者熟策之而已。士争言曰：如是而财可丰，如是而兵可强，如是而吏可择。吾从其可行者而规摹之，发之以勇，守之以专，达之以强，日夜以求合于其所规摹之内，而无务出于其所规摹之外。其人专，其政一，然而不成者，未之有也。财之不丰，兵之不强，吏之不择，此三者，存亡之所从出，而天下之大事也。夫以天下之大事，而有一人焉，独擅而兼言之，则其所以治此三者之术，其得失固未可知也。虽不可知，而此三者决不可不治者可知也。

是故不可以无术。其术非难知而难听，非难听而难行，非难行而难收。孔子曰："好谋而成。"使好谋而不成，不如无谋。盖世有好剑者，聚天下之良金，铸之三年而成，以为吾剑天下莫敌也，剑成而狼戾缺折不可用。何者？是知铸而不知收也。今世之举事者，虽其甚小，而欲成之者常不过数人，欲坏之者常不可胜数。可成之功常难形，若不可成之状常先见。上之人方且眩瞀而不自信，又何暇及于收哉！

古之人有犯其至难而图其至远者，彼独何术也？且非特圣人而已。商君之变秦法也，撄万人之怒，排举国之说，势如此其逆也。苏秦之为从也，合天下之异以为同，联六姓之疏以为亲，计如此其迂也。淮阴侯请于高帝，求三万人，愿以北举燕赵，东击齐，南绝楚之粮道，而西会于荥阳。耿弇亦言于世祖，欲先定渔阳，取涿郡，还收富平而东下齐，世祖以为落落难合。此皆越人之都邑而谋人国，功如此其疏也。然而四子者行之若易然。出于其口，成于其手，以为既已许吾君，则亲挈而还之。今吾以自有之天下，而行吾所得为之事，其事又非有所拂逆于天下之意也，非有所待于人而后具也，如有财而自用之，有子而自教之耳。然而政出于天下，有出而无成者，五六十年于此矣。是何也？意者知出而不知收敛？非不知收，意者汗漫而无所收敛？故为之说曰：先定其规摹而后从事。先定者，可以谋人。不先定者，自谋常不给，而况于谋人乎？

且今之世俗，则有所可患者，士大夫所以信服于朝廷者不笃，而皆好议论以务非其上，使眩于是非，而不知其所从。从之，则事举无可为者；不从，则其所行者常多故而易败。夫所以多故而易败者，人各持其私意以贼之，议论胜于下，而幸其无功者众也。富人之谋利也常获，世以为福，非也。彼富人者，信于人素深，而服于人素厚，所为而莫或害之，所欲而莫或非之，事未成而众已先成之矣。夫事之行也有势，其成也有气。富人者，乘其势而袭其气也。欲事之易成，则先治其所以信服天下者。

天下之事，不可以力胜。力不可胜，则莫若从众。从众者，非从众多之口，而从其所不言而同然者，是真从众也。众多之口非果众也，特闻于吾耳而接于吾前，未有非其私说者也。于吾为众，于天下为寡。彼众之所不言而同然者，众多之口，举不乐也。以众多之口所不乐，而弃众之所不言而同然，则乐者寡而不乐者众矣。古之人，常以从众得天下之心，而世之君子，常以从众失之。不知夫古之人，其所从者，非从其口，而从其所同然也。何以明之？世之所谓逆众敛怨而不可行者，莫若减任子。然不顾而行之者，五六年矣，而天下未尝有一言。何则？彼其口之所不乐，而心之所同然也。从其所同然而行之，若犹有言者，则可以勿恤矣。

故为之说曰："发之以勇，守之以专，达之以强。苟知此三者，非独为吾国而已，虽北取契丹可也。"

第十册，389页

大臣论上

以义正君而无害于国，可谓大臣矣。

天下不幸而无明君，使小人执其权，当此之时，天下之忠臣义士莫不欲奋臂而击之。夫小人者，必先得于其君而自固于天下，是故法不可击。击之而不胜身死，其祸止于一身。击之而胜，君臣不相安，天下必亡。是以《春秋》之法，不待君命而诛其侧之恶人，谓之叛。晋赵鞅入于晋阳以叛是也。

世之君子，将有志于天下，欲扶其衰而救其危者，必先计其后而为可居之功，其济不济则命也，是故功成而天下安之。今夫小人，君不诛而吾诛之，则是侵君之权，而不可居之功也。夫既已侵君之权，而能北面就人臣之位，使君不吾疑者，天下未尝有也。国之有小人，犹人之有瘿。人之瘿，必生于颈而附于咽，是以不可去。有贱丈夫者，不胜其忿而决去之，夫是以去疾而得死。汉之亡，唐之灭，由此之故也。

自桓、灵之后，至于献帝，天下之权，归于内竖，贤人君子，进不容于朝，退不容于野，天下之怒，可谓极矣。当此之时，议者以为天下之患独在宦官，宦官去则天下无事，然窦武、何进之徒击之不胜，止于身死，袁绍击之而胜，汉遂以亡。唐之衰也，其迹亦大类此。自辅国、元振之后，天子之废立，听于宦官。当此之时，士大夫之论，亦惟宦官之为去也。然而李训、郑注、元载之徒，击之不胜，止于身死，至于崔昌遐击之而胜，唐亦以亡。

方其未去也，是累然者瘿而已矣。及其既去，则溃裂四出，而继之以死。何者？此侵君之权，而不可居之功也。且为人臣而不顾其君，捐其身于一决，以快天下之望，亦已危矣。故其成则为袁、为崔，败则为何、窦，为训、注。然则忠臣义士，亦奚取于此哉？夫窦武、何进之亡，天下悲之，以为不幸。然亦幸而不成，使其成也，二子者将何以居之？故曰：以义正君，而无害于国，可谓大臣矣。

第十册，414页

论管仲

郑太子华言于齐桓公，请去三族而以郑为内臣。公将许之，管仲不可。公曰："诸侯有讨于郑，未捷。苟有衅，从之，不亦可乎？"

管仲曰："君若绥之以德，加之以训辞，而率诸侯以讨郑，郑将覆亡之不暇，岂敢不惧？若总其罪人以临之，郑有辞矣。"公辞子华，郑伯乃受盟。

苏子曰：大哉！管仲之相桓公也。辞子华之请，而不违曹沫之盟，皆盛德之事也。齐可以王矣。恨其不学道，不自诚意正身以刑其国，使家有三归之病，而国有六嬖之祸，故桓公不王，而孔子小之。然其予之也亦至矣，曰："桓公九合诸侯，不以兵车，管仲之力也。如其仁，如其仁！"曰："仲尼之徒无道桓、文之事者。"孟子盖过矣。吾读《春秋》以下史，得七人焉，皆盛德之事，可以为万世法，又得八人焉，皆反是，可以为万世戒。故具论之。

太公之治齐也，举贤而上功。周公曰："后世必有篡弑之臣。"天下诵之，齐其知之矣。田敬仲之始生也，周史筮之；其奔齐矣，齐懿氏卜之。皆知其当有齐国。篡弑之疑，盖萃于敬仲矣，然桓公、管仲不以是废之，乃欲以为卿，非盛德能如此乎？故吾以为楚成王知晋之必霸，而不杀重耳；汉高祖知东南之必乱而不杀吴王濞；晋武帝闻齐王攸之言而不杀刘元海；苻坚信王猛，而不杀慕容垂；唐明皇用张九龄，而不杀安禄山，皆盛德之事也。

而世之论者，则以为此七人者，皆失于不杀以启乱。吾以谓不然。七人者皆自有以致败亡，非不杀之过也。齐景公不繁刑重赋，虽有田氏，齐不可取。楚成王不用子玉，虽有晋文公，兵不败。汉景帝不害吴太子，不用晁错，虽有吴王濞，无自发。晋武帝不立孝惠，虽有刘元海，不能乱。苻坚不贪江左，虽有慕容垂，不敢叛。明皇不用李林甫、杨国忠，虽有安禄山，亦何能为？秦之由余，汉之金日磾，唐之李光弼、浑瑊之流，皆蕃种也，何负于中国哉？而独杀元海、禄山乎？且夫自今而言之，则元海、禄山死有余罪；自当时而言之，则不免为杀无罪。岂有天子杀无罪，而不得罪于天下者？上失其道，涂之人皆敌国也。天下豪杰，其可胜既乎？

汉景帝以怏怏而杀周亚夫，曹操以名重而杀孔融，晋文帝以卧龙而杀嵇康，晋景帝亦以名重而杀夏侯玄，宋明帝以族大而杀王彧，齐后主以谣言而杀斛律光，唐太宗以谶而杀李君羡，武后以谣言而杀裴炎，世皆以为非也。此八人者，当时之虑，岂非忧国备乱，与忧元海、禄山者同乎？久矣，世之以成败为是非也！

故夫嗜杀人者，必以邓侯不杀楚子为口实。以邓之微，无故杀大国之君，使楚人举国而仇之，其亡不愈速乎？吾以谓为天下如养生，忧国备乱如服药：养生者不过慎起居饮食，节声色而已。节慎在未病之前，而服药于已病之后。今吾忧寒疾而先服乌喙，忧热疾而先服甘遂，则病未作而药杀人矣。彼八人者，皆未病而服药者也。

第十册，485 页

论商鞅

商鞅用于秦，变法定令，行之十年，秦民大悦。秦民大悦，道不拾遗，山无盗贼，家给人足，民勇于公战，怯于私斗。秦人富强，天子致胙于孝公，诸侯毕贺。

苏子曰：此皆战国之游士邪说诡论，而司马迁谙于大道，取以为史。吾尝以为迁有大罪二，其先黄老，从六经，退处士，进奸雄，盖其小小者耳。所谓大罪二，则论商鞅、桑弘羊之功也。自汉以来，学者耻言商鞅、桑弘羊，而世主独甘心焉，皆阳讳其名，而阴用其实，甚者则名实皆宗之，庶几其成功。此则司马迁之罪也。

秦固天下之强国，而孝公亦有志之君也，修其政刑十年，不为声色畋游之所败，虽微商鞅，有不富强乎？秦之所以富强者，孝公敦本力穑之效，非鞅流血刻骨之功也。而秦之所以见疾于民，如豺虎毒药，一夫作难而子孙无遗种，则鞅实使之。至于桑弘羊，斗筲之才，穿窬之智，无足言者，而迁称之，曰："不加赋而上用足。"善乎！司马光之言也，曰："天下安有此理？天地所生财货百物，止有此数，不在民则在官，譬如雨泽，夏涝则秋旱。不加赋而上用足，不过设法侵夺民利，其害甚于加赋也。"二子之名在天下者，如蛆蝇粪秽也，言之则污口舌，书之则污简牍。二子之术用于世者，灭国残民，覆族亡躯者相踵也，而世主独甘心焉，何哉？乐其言之便己也。

夫尧、舜、禹，世主之父师也；谏臣弼士，世主之药石也；恭敬慈俭，勤劳忧畏，世主之绳约也。今使世主日临父师而亲药石，履绳约，非其所乐也。故为商鞅、桑弘羊之术者，必先鄙尧笑舜而陋禹也。曰：所谓贤主者，专以天下适己而已。此世主之所以人人甘心而不悟也。

世有食钟乳、乌喙而纵酒色以求长年者，盖始于何晏。晏少而富贵，故服寒食散以济其欲，无足怪者。彼之所为，足以杀身灭族者，日相继也，得死于寒食散。岂不幸哉！而吾独何为效之？世之服寒食散疽背呕血者相踵也，用商鞅、桑弘羊之术破国亡宗者皆是也。然而终不悟者，乐其言之美便，而忘其祸之惨烈也。

第十册，515 页

唐虞稽古建官惟百夏商官倍亦克用乂

天下之事，古略而今详；天下之官，古寡而今众。圣人非有意于其间，势则然也。火化之始，燔黍捭豚，以为靡矣。至周而醢醢之属至百二十瓮。栋宇之始，茅茨采椽，以为泰矣。至周九尺之室，山节藻棁。圣人随世而为之节文，岂得已哉。《周书》曰："唐虞稽古，建官惟百。夏商官倍，亦克用乂。"圣人不以官之众寡论治乱者，以为治乱在德，而不在官之众寡也。《礼》曰："夏后氏官五十，商二百，周三百。"与周官异，学者盖不取焉。夫唐虞建官百，简之至也。夏后氏安能减半而办，此理之必不然也。孔安国曰："禹、汤建官二百，不及唐虞之清要。"荣古而陋今，学者之病也。自夏、商观之，则以官百为清要。自唐虞而上云鸟纪官之世而观之，则官百为陋矣。未岂然哉。愚闻之叔向曰："昔先王议事以制，不为刑辟。"故子产铸《刑书》，而叔向非之。夫子产之《刑书》，末世之先务也。然且得罪于叔向。是以知先王之法亦简矣。先王任人而不任法，劳于择人而佚于任使，故法可以简。法可以简，故官可以省，古人有言，省官不如省事，省事不如清心，至矣。

第十一册，573 页

策略一

臣闻天下治乱，皆有常势。是以天下虽乱，而圣人以为无难者，其应之有术也。水旱盗贼，人民流离，是安之而已也。乱臣割据，四分五裂，是伐之而已也。权臣专制，擅作威福，是诛之而已也。四夷交侵，边鄙不宁，是攘之而已也。凡此数者，其于害民蠹国，为不浅矣。然其所以为害者有状，是故其所以救之者有方也。

天下之患，莫大于不知其然而然，不知其然而然者，是拱手而待乱也。国家无大兵革，几百年矣。天下有治平之名，而无治平之实，有可忧之势，而无可忧之形，此其有未测者也。方今天下，非有水旱盗贼人民流亡之祸，而咨嗟怨愤，常若不安其生。非有乱臣割据四分五裂之忧，而休养生息，常若不足于用。非有权臣专制擅作威福之弊，而上下不交，君臣不亲。非有四夷交侵边鄙不宁之灾，而中国皇皇，常有外忧。此臣所以大惑也。

今夫医之治病，切脉观色，听其声音，而知病之所由起，曰"此寒也，此热也"，或曰"此寒热之相搏也"，及其他，无不可为者。今且有人悦然而不乐，问其所苦，且不能自言，则其受病有深而不可测者矣。其言语饮食，起居动作，固无以异于常人，此庸医之所以为无足忧，而扁鹊、仓公之所以望而惊也。其病之所由起者深，则其所以治之者，固非鲁莽因循苟且之所能去也。而天下之士，方且掇拾三代之遗文，补葺汉、唐之故事，以为区区之论，可以济世，不已疏乎！

方今之势，苟不能涤荡振刷，而卓然有所立，未见其可也。臣尝观西汉之衰，其君皆非有暴鸷淫虐之行，特以怠惰弛废，溺于宴安，畏期月之劳，而忘千载之患，是以日趋于亡而不自知也。夫君者，天也。仲尼赞《易》，称天之德曰"天行健，君子以自强不息"。

由此观之，天之所以刚健而不屈者，以其动而不息也。惟其动而不息，是以万物杂然各得其职而不乱，其光为日月，其文为星辰，其威为雷霆，其泽为雨露，皆生于动者也。使天而不知动，则其块然者将腐坏而不能自持，况能以御万物哉！苟天子一日赫然奋其刚明之威，使天下明知人主欲有所立，则智者愿效其谋，勇者乐致其死，纵横颠倒无所施而不可。苟人主不先自断于中，群臣虽有伊、吕、稷、契，无如之何。故臣特以人主自断而欲有所立为先，而后论所以为立之要云。

第十一册，774 页

策别课百官三（决壅蔽）

所贵乎朝廷清明而天下治平者，何也？天下不诉而无冤，不谒而得其所欲，此尧舜之盛也。其次不能无诉，诉而必见察；不能无谒，谒而必见省。使远方之贱吏，不知朝廷之高；而一介之小民，不识官府之难。而后天下治。

今夫一人之身，有一心两手而已。疾痛疴痒，动于百体之中，虽其甚微，不足以为患，而手随至。夫手之至，岂其一一而听之心哉？心之所以素爱其身者深，而手之所以素听于心者熟，是故不待使令而卒然以自至。圣人之治天下，亦如此而已。百官之众，四海之广，使其关节脉理相通，为一叩之而必闻，触之而必应。夫是以天下可使为一身。天子之贵，士民之贱，可使相爱。忧患可使同，缓急可使救。

今也不然。天下有不幸而诉其冤，如诉之于天。有不得已而谒其所欲，如谒之于鬼神。公卿大臣不能究其详悉，而付之于胥吏。故凡贿赂先至者，朝请而夕得；徒手而来者，终年而不获。至于故常之事，人之所当得而无疑者，莫不务为留滞，以待请属。举天下一毫之事，非金钱无以行之。

昔者汉唐之弊，患法不明，而用之不密，使吏得以空虚无据之法而绳天下，故小人以无法为奸。今也法令明具，而用之至密，举天下惟法之知。所欲排者，有小不如法，而可指以为瑕。所欲与者，虽有所乖戾，而可借法以为解。故小人以法为奸。

今天下所为多事者，岂事之诚多耶？吏欲有所鬻而未得，则新故相仍，纷然而不决，此王化之所以壅遏而不行也。昔桓、文之霸，百官承职，不待教令而办，四方之宾至，不求有司。王猛之治秦，事至纤悉，莫不尽举，而人不以为烦。盖史之所记：麻思还冀州，请于猛。猛曰：“速装，行矣。”至暮而符下。及山关，郡县皆已被符。其令行禁止而无留事者，至于纤悉，莫不皆然。符坚以戎狄之种，至为霸王，兵强国富，垂及升平者，猛之所为，固宜其然也。

今天下治安，大吏奉法，不敢顾私，而府史之属招权鬻法，长吏心知而不问，以为当然。此其弊有二而已。事繁而官不勤，故权在胥吏。欲去其弊也，莫如省事而厉精。省事莫如任人，厉精莫如自上率之。

今之所谓至繁，天下之事，关于其中，诉之者多，而谒者之众，莫如中书与三司。天下之事，分于百官，而中书听其治要。郡县钱币制于转运使，而三司受其会计。此宜若不至于繁多，然中书不待奏课以定其黜陟，而关与其事，则是不任有司也。三司之吏，推析赢虚至于毫毛以绳郡县，则是不任转运使也。故曰：省事莫如任人。

古之圣王，爱日以求治，辨色而视朝，苟少安焉，而至于日出，则终日为之不给。以少而言之，一日而废一事，一月则可知也，一岁则事之积者不可胜数矣。欲事之无繁，则必劳于始而逸于终。晨兴而晏罢，天子未退，则宰相不敢归安于私第；宰相日昃而不退，则百官莫不震惊，尽力于王事，而不敢宴游。如此，则纤悉隐微莫不举矣。天子求治之勤，过于先王，而议者不称王季之晏朝而称舜之无为，不论文王之日昃而论始皇之量书。此何以率天下之怠耶？臣故曰：厉精莫如自上率之，则壅蔽决矣。

第十一册，817页

中和胜相院记

佛之道难成，言之使人悲酸愁苦。其始学之，皆入山林，践荆棘蛇虺，袒裸雪霜。或刲割屠脍，燔烧烹煮，以肉饲虎豹鸟乌蚊蚋，无所不至。茹苦含辛，更百千万亿年而后成。其不能此者，犹弃绝骨肉，衣麻布，食草木之实，昼日力作，以给薪水粪除，暮夜持膏火薰香，事其师如生。务苦瘠其身，自身口意莫不有禁，其略十，其详无数。终身念之，寝食见之，如是，仅可以称沙门比丘。虽名为不耕而食，然其劳苦卑辱，则过于农工远矣。计其利害，非侥幸小民之所乐，今何其弃家毁服坏毛发者之多也！意亦有所便欤？

寒耕暑耘，官又召而役作之，凡民之所患苦者，我皆免焉。吾师之所谓戒者，为愚夫未达者设也，若我何用是为。剟其患，专取其利，不如是而已，又爱其名。治其荒唐之说，摄衣升坐，问答自若，谓之长老。吾尝究其语矣，大抵务为不可知，设械以应敌，匿形以备败，窘则推堕滉漾中，不可捕捉，如是而已矣。吾游四方，见辄反复折困之，度其所从遁，而逆闭其涂。往往面颈发赤，然业已为是道，势不得以恶声相反，则笑曰："是外道魔人也。"吾之于僧，慢侮不信如此。今宝月大师惟简，乃以其所居院之本末，求吾文为记，岂不谬哉！

然吾昔者始游成都，见文雅大师惟度，器宇落落可爱，浑厚人也。能言唐末、五代事传记所不载者，因是与之游，甚熟。惟简则其同门友也。其为人，精敏过人，事佛齐众，谨严如官府。二僧皆吾之所爱，而此院又有唐僖宗皇帝像，及其从官文武七十五人。其奔走失国与其所以将亡而不遂灭者，既足以感慨太息，而画又皆精妙冠世，有足称者，故强为记之。

始居此者，京兆人广寂大师希让，传六世至度与简。简姓苏氏，眉山人，吾远宗子也，今主是院，而度亡矣。

第十一册，1211页

盐官大悲阁记

羊豕以为羞，五味以为和；秫稻以为酒，曲糵以作之。天下之所同也。其材同，其水火之齐均，其寒暖燥湿之候一也。而二人为之，则美恶不齐。岂其所以美者，不可以数取欤？然古之为方者，未尝遗数也。能者即数以得妙，不能者循数以得其略。其出一也，有能有不能，而精粗见焉。人见其二也，则求精于数外，而弃迹以遂妙，曰：“我知酒食之所以美也。”而略其分齐，舍其度数，以为不在是也，而一以意造，则其不为人之所呕弃者，寡矣。

今吾学者之病亦然。天文、地理、音乐、律历、宫庙、服器、冠昏、丧纪之法，《春秋》之所去取，礼之所可，刑之所禁，历代之所以废兴，与其人之贤不肖，此学者之所宜尽力也。曰：是皆不足学，学其不可载于书而传于口者。子夏曰：“日知其所亡，月无忘其所能，可谓好学也已。”古之学者，其所亡与其所能，皆可以一二数而日月见也。如今世之学，其所亡者果何物，而所能者果何事欤？孔子曰：“吾尝终日不食，终夜不寝，以思，无益，不如学也。”由是观之，废学而徒思者，孔子之所禁，而今世之所尚也。

岂惟吾学者，至于为佛者亦然。斋戒持律，讲诵其书，而崇饰塔庙，此佛之所以日夜教人者也。而其徒或者以为斋戒持律不如无心，讲诵其书不如无言，崇饰塔庙不如无为。其中无心，其口无言，其身无为，则饱食而嬉而已，是为大以欺佛者也。

杭州盐官安国寺僧居则，自九岁出家，十年而得恶疾且死，自誓于佛，愿持律终身，且造千手眼观世音像，而诵其名千万遍。已而力不给，则缩衣节口三十余年，铢积寸累，以迄于成。其高九仞，为大屋四重以居之。而求文以为记。余尝以斯言告东南之士矣，盖仅有从者。独喜则之勤苦从事于有为，笃志守节，老而不衰，异夫为大以欺佛者，故为记之，且以风吾党之士云。

第十一册，1219页

胜相院经藏记

元丰三年，岁在庚申，有大比丘惟简，号曰宝月，修行如幻，三摩钵提，在蜀成都，大圣慈寺，故中和院，赐名胜相，以无量宝、黄金丹砂、琉璃真珠、旃檀众香，庄严佛语及菩萨语，作大宝藏。涌起于海，有大天龙，背负而出，及诸小龙，纠结环绕。诸化菩萨，及护法神，镇守其门。天魔鬼神，各执其物，以御不祥。是诸众宝，及诸佛子，光色声香，自相磨激，璀璨芳郁，玲珑宛转，生出诸相，变化无穷。不假言语，自然显见，苦空无我，无量妙义。凡见闻者，随其根性，各有所得。如众饥人，入于大仓，虽未得食，已有饱意。又如病人，游于药市，闻众药香，病自衰减。更能取米，作无碍饭，恣食取饱，自然不饥。又能取药，以疗众病，众病有尽，而药无穷，须臾之间，无病可疗。以是因缘，度无量众，时见闻者，皆争舍施，富者出财，壮者出力，巧者出技，皆舍所爱，及诸结习，而作佛事，求脱烦恼，浊恶苦海。

有一居士，其先蜀人，与是比丘有大因缘。去国流浪，在江淮间，闻是比丘，作是佛事，即欲随众，舍所爱习。周视其身，及其室庐，求可舍者，了无一物。如焦谷芽，如石女儿，乃至无有，毫发可舍。私自念言，我今惟有，无始已来，结习口业，妄言绮语，论说古今，是非成败。以是业故，所出言语，犹如钟磬，黼黻文章，悦可耳目。如人善博，日胜日负，自云是巧，不知是业。今舍此业，作宝藏偈。愿我今世，作是偈已，尽未来世，永断诸业、客尘妄想，及诸理障。一切世间，无取无舍，无憎无爱，无可无不可。时此居士，稽首西望，而说偈言：

我游多宝山，见山不见宝。岩谷及草木，虎豹诸龙蛇。虽知宝所在，欲取不可得。复有求宝者，自言已得宝，见宝不见山，亦未得宝故。譬如梦中人，未尝知是梦，既知是梦已，所梦即变灭。见我不见梦，因以我为觉，不知真觉者，觉梦两无有。我观大宝藏，如以蜜说甜。众生未谕故，复以甜说蜜。甜蜜更相说，千劫无穷尽。自蜜及甘蔗，查梨与橘柚，说甜而得酸，以及咸辛苦。忽然反自味，舌根有甜相，我尔默自知，不烦更相说。我今说此偈，于道亦云远，如眼根自见，是眼非我有。当有无耳人，听此非舌言，于一弹指顷，洗我千劫罪。

第十一册，1223 页

广州东莞县资福禅寺罗汉阁记

众生以爱，故入生死。由于爱境，有逆有顺。而生喜怒，造种种业。展转六趣，至千万劫。本所从来，唯有一爱，更无余病。佛大医王，对病为药。唯有一舍，更无余药，常以此药，而治此病。如水救火，应手当灭。云何众生，不灭此病。是导师过，非众生咎。何以故？众生所爱，无过身体。父母有疾，割肉刺血，初无难色。若复邻人，从其求乞，一爪一发，终不可得。有二导师，其一清净，不入诸相，能知众生，生死之本，能使众生，了然见知。不生不灭，出轮回处。是处安乐，堪永依怙，无异父母。支体可舍，而况财物。其一导师，以有为心，行有为法。纵不求利，即自求名。譬如邻人，求乞爪发，终不可得，而况肌肉。以此观之，爱吝不舍，是导师过。设如有人，无故取米，投坑阱中，见者皆恨。若以此米，施诸鸟雀，见者皆喜。鸟雀无知，受我此施，何异坑阱。而人自然，有喜有愠。如使导师，有心有为，则此施者，与弃无异。以此观之，爱吝不舍，非众生咎。

四方之民，皆以勤苦，而得衣食，所得毫末，其苦无量。独此南越，岭海之民，贸迁重宝，坐获富乐。得之也易，享之也愧。是故其人，以愧故舍。海道幽险，死生之间，曾不容发。而况飘堕，罗刹鬼国，呼号神天，佛菩萨僧，以脱须臾。当此之时，身非己有，而况财物，实同粪土。是故其人，以惧故舍。愧惧二法，助发善心，是故越人，轻施乐舍，甲于四方。东莞古邑，资福禅寺，有老比丘，祖堂其名，未尝戒也，而律自严，未尝求也，而人自施。人之施堂，如物在衡，损益铢黍，了然觉知。堂之受施，如水涵影，虽千万过，无一留者。堂以是故，创作五百，大阿罗汉，严净宝阁，涌地千柱，浮空三成，壮丽之极，实冠南越。东坡居士，见闻随喜，而说偈言：

五百大士栖此城，南珠大贝皆东倾。众心回春柏再荣，铁林东来阁乃成。宝骨未到先通灵，赤蛇白璧珠夜明。三十袭吉谁敢争，层檐飞空俯日星。海波不摇飓无声，天风徐来韵流铃。一洗瘴雾冰雪清，人无南北寿且宁。

第十一册，1254页

陆道士墓志铭

道士陆惟忠，字子厚，眉山人。家世为黄冠师。子厚独狷洁精苦，不容于其徒，去之远游。始见余黄州，出所作诗，论内外丹指略，盖自以为决不死者。然余尝告之曰："子神清而骨寒，其清可以仙，其寒亦足以死。"其后十五年，复来见余惠州，则得瘦疾，骨见衣表，然诗益工，论内外丹益精。曰："吾真坐寒而死矣。每从事于养生，辄有以败之，类物有害吾生者。"余曰："然。子若死，必复为道士，以究此志。"余时适得美石如黑玉，曰："当以是志子墓。"子厚笑曰："幸甚。"久之，子厚去余之河源开元观，客于县令冯祖仁，而余亦谪海南。是岁五月十九日，竟以疾卒，年五十。祖仁葬之观后，盖绍圣四年也。铭曰：

呜呼多艺此黄冠，诗棋医卜内外丹。无求于世宜坚完，龟饥鹤瘦终难安。哀哉六巧坐一寒，祝子复来少宏宽，毋复清诗助痟酸。龙虎尤成无或奸，往驾赤螭骖青鸾。

第十二册，1610页

石恪画维摩颂

我观众工工一师，人持一药疗一病。风劳欲寒气欲暖，肺肝胃肾更相克。挟方储药如丘山，卒无一药堪施用。有大医王拊掌笑，谢遣众工病随愈。问大医王以何药，还是众工所用者。我观三十二菩萨，各以意谈不二门。而维摩诘默无语，三十二义一时堕。我观此义亦不堕，维摩初不离是说。譬如油蜡作灯烛，不以火点终不明。忽见默然无语处，三十二说皆光焰。佛子若读维摩经，当作是念为正念。我观维摩方丈室，能受九百万菩萨。三万三千师子坐，皆悉容受不迫迮。又能分布一钵饭，餍饱十方无量众。断取妙喜佛世界，如持针锋一枣叶。云是菩萨不思议，住大解脱神通力。我观石子一处士，麻鞋破帽露两肘。能使笔端出维摩，神力又过维摩诘。若云此画无实相，毗耶城中亦非实。佛子若作维摩像，应作此观为正观。

第十二册，2232页

代黄檗答子由颂（并序）

子由问黄檗和老疾云："五蕴皆非四大空，身心河岳尽圆融。病根何处容他住，日夜还将药石攻。"不知黄檗如何答？东坡老僧代云：

有病宜须著药攻，寒时火烛热时风。

病根既是地容处，药石还同四大空。

第十二册，2270页

桂酒颂（并序）

《礼》曰："丧有疾，饮酒食肉，必有草木之滋焉。姜桂之谓也。"古者非丧食，不彻姜桂。《楚辞》曰："奠桂酒兮椒浆。"是桂可以为酒也。《本草》：桂有小毒，而菌桂、牡桂皆无毒，大略皆主温中，利肝肺气，杀三虫，轻身坚骨，养神发色，使常如童子，疗心腹冷疾，为百药先，无所畏。陶隐居云：《仙经》，服三桂，以葱涕合云母，蒸为水。而孙思邈亦云：久服，可行水。此轻身之效也。吾谪居海上，法当数饮酒以御瘴，而岭南无酒禁。有隐者，以桂酒方授吾，酿成而玉色，香味超然，非人间物也。东坡先生曰："酒，天禄也。其成坏美恶，世以兆主人之吉凶，吾得此，岂非天哉？"故为之颂，以遗后之有道而居夷者。其法盖刻石置之罗浮铁桥之下，非忘世求道者莫至焉。其词曰：

中原百国东南倾，流膏输液归南溟。祝融司方发其英，沐日浴月百宝生。水娠黄金山空青，丹砂昼晒珠夜明。百卉甘辛角芳馨，旃檀沈水乃公卿。大夫芝兰士蕙蘅，桂君独立冬鲜荣。无所摄畏时靡争，酿为我醪淳而清。甘终不坏醉不醒，辅安五神伐三彭。肌肤渥丹身毛轻，泠风飞罔水行。谁其传者疑方平，教我常作醉中醒。

第十二册，2277页

思无邪丹赞

饮食之精，草木之华。集我丹田，我丹所家。我丹伊何，铅汞丹砂。客主相守，如巢养鸦。培以戊巳，耕以赤蛇。化以丙丁，滋以河车。乃根乃株，乃实乃华。书炼于日，赫然丹霞。夜浴于月，皓焉素葩。金丹自成，曰思无邪。

此赞信笔直书，不加点定。殆是天成，非以意造也。

绍圣元年十月二十日。

第十三册，2346页

顾恺之画黄初平牧羊图赞

先生养生如牧羊，放之无何有之乡。止者自止行者行，先生超然坐其旁。挟策读书羊不亡，化而为石起复僵。流涎磨牙笑虎狼，先生指呼羊服箱。号称雨工行四方，莫随上林芒屩郎，嗅门舐地寻盐汤。

第十三册，2357页

采日月华赞（并序）

每日采日月华时，不能诵得古人咒语，以意撰数句云：

我性真有，是身本空。四大合成，与天地通。如莲芭蕉，万窍玲珑。无道不入，有光必容。曈曈太阳，凡火之雄。湛湛明月，众水之众。我尔法身，何所不充。不足则取，有余则供。取予无心，唯道之公。各忘其身，与道俱融。

第十三册，2399页

石菖蒲赞（并序）

《本草》：菖蒲，味辛温无毒，开心，补五脏，通九窍，明耳目。久服轻身不忘，延年益心智，高志不老。注云：生石碛上概节者，良。生下湿地大根者，乃是昌阳，不可服。韩退之《进学解》云："訾医师以昌阳引年，欲进其稀苓。"不知退之即以昌阳为菖蒲耶？抑谓其似是而非不可以引年也？凡草木之生石上者，必须微土以附其根，如石韦、石斛之类。虽不待土，然去其本处，辄槁死。惟石菖蒲并石取之，濯去泥土，渍以清水，置盆中，可数十年不枯。虽不甚茂，而节叶坚瘦，根须连络，苍然于几案间，久而益可喜也。其轻身延年之功，既非昌阳之所能及。至于忍寒苦，安淡泊，与清泉白石为伍，不待泥土而生者，亦岂昌阳之所能仿佛哉？余游慈湖山中，得数本，以石盆养之，置舟中。间以文石，石英璀璨芬郁，意甚爱焉。顾恐陆行不能致也，乃以遗九江道士胡洞微，使善视之。余复过此，将问其安否。赞曰：

清且泚，惟石与水。托于一器，养非其地。瘠而不死，夫孰知其理。不如此，何以辅五藏而坚发齿。

第十三册，2401页

药师琉璃光佛赞（并引）

佛弟子苏籥，与其妹德孙，病久不愈。其父过，母范氏，供养祈祷药师琉璃光佛，遂获痊损。其大父轼，特为造画尊像，敬拜稽首，为之赞曰：

我佛出现时，众生无病恼。世界悉琉璃，大地皆药草。我今众稚孺，仰佛如翁媪。面颐既圆平，风末亦除扫。弟子籥与德，前世衲衣老。敬造世尊像，寿命仗佛保。

第十三册，2413页

送圣寿聪长老偈（并序）

佛说作、止、任、灭，是谓四病。如我所说，亦是诸佛四妙法门。我今亦作、亦止，亦任、亦灭。灭则无作，作则无止，止则无任,任则无灭。是四法门,更相扫除,火出木尽,灰飞烟灭。如佛所说,不作不止,不任不灭。是则灭病,否即任病。如我所说,亦作然无语,以对文殊。而舍利佛,亦复默然,以对天女。此二人者,有何差别。我以是知,苟非其人,道不虚行。时长老聪师,自筠来黄,复归于筠。东坡居士为说偈言:

珍重寿圣师，听我送行偈。愿闵诸有情，不断一切法。人言眼睛上，一物不可住。我谓如虚空，何物住不得。我亦非然我，而不然彼义。然则两皆然，否则无然者。

第十三册,2534页

寒热偈

今岁大热，八十余日，物我同病，是热非虚。方其热时，谓不复凉。及其既凉，热复安在。凡此寒热，更相显见。热既无有，凉从何立。令我又复，认此为凉。后日更凉，此还是热。毕竟寒热，为无为有。如此分别，皆是众生。客尘浮想，以此为达。无有是处，使谓为迷。则又不可，如火烧木。从木成炭，从炭成灰。为灰不已，了无一物。当以此偈，更问子由。

仆在黄州戏书，为江夏李乐道持去。后七年，复相见京师，出此书，茫然如梦中语也。元祐戊辰六年三月三日。

第十三册,2557页

养生偈

闲邪存诚，练气养精。一存一明，一练一清。清明乃极，丹元乃生。坎离乃交，梨枣乃成。中夜危坐，服此四药。一药一至，到极则处。几费千息，闲之廓然，存之卓然，养之郁然，练之赫然。守之以一，成之以久。功在一日，何迟之有。

《易》曰：“闲邪存其诚。”详味此字，知邪中有诚，无非邪者，闲亦邪也。至于无所闲，乃见其诚者，幻灭灭故，非幻不灭。

第十三册,2561页

上神宗皇帝书

熙宁四年二月某日，殿中丞直史馆判官告院权开封府推官苏轼，谨昧万死再拜上书皇帝陛下：

臣近者不度愚贱，辄上封章言灯事。自知渎犯天威，罪在不赦，席藁私室，以待斧钺之诛；而侧听逾旬，威命不至，问之府司，则买灯之事寻已停罢，乃知陛下不惟赦之，又能听之。惊喜过望，以至感泣。何者？改过不吝，从善如流，此尧舜禹汤之所勉强而力行，秦汉以来之所绝无而仅有。顾此买灯毫发之失，岂能上累日月之明，而陛下幡然改命，曾不移刻，则所谓智出天下而听于至愚，威加四海而屈于匹夫。臣今知陛下可与为尧舜，可与为汤武，可与富民而措刑，可与强兵而伏戎狄矣。有君如此，其忍负之！惟当披露腹心，捐弃肝脑，尽力所至，不知其它。乃者臣亦知天下之事，有大于买灯者矣，而独区区以此为先者，盖未信而谏，圣人不与；交浅言深，君子所戒。是以试论其小者，而其大者固将有待而后言。今陛下果赦而不诛，则是既已许之矣；许而不言，臣则有罪；是以愿终言之。

臣之所欲言者三，愿陛下结人心，厚风俗，存纪纲而已。

人莫不有所恃，人臣恃陛下之命，故能役使小民；恃陛下之法，故能胜服强暴。至于人主所恃者谁与？书曰："予临兆民，凛乎若朽索之驭六马。"言天下莫危于人主也。聚则为君民，散则为仇雠。聚散之间，不容毫厘。故天下归往谓之王，人各有心谓之独夫。由此观之，人主之所恃者，人心而已。人心之于人主也，如木之有根，如灯之有膏，如鱼之有水，如农夫之有田，如商贾之有财。木无根则槁，灯无膏则灭，鱼无水则死，农无田则饥，商贾无财则贫，人主失人心则亡。此理之必然，不可逭之灾也。其为可畏，从古以然。苟非乐祸好亡，狂易丧志，则孰敢肆其胸臆，轻犯人心。昔子产焚载书以弭众言，赂伯石以安巨室，以为众怒难犯，专欲难成，而孔子亦曰："信而后劳其民，未信则以为厉已也。"惟商鞅变法，不顾人心，虽能骤至富彊，亦以召怨天下。使其民知利而不知义，见刑而不见德，虽得天下，旋踵而失也；至于其身，亦卒不免负罪出走，而诸侯不纳，车裂以狥，而秦人莫哀。君臣之间，岂愿如此。宋襄公虽行仁义，失众而亡；田常虽不义，得众而强。是以君子未论行事之是非，先观众心之向背。谢安之用诸桓，未必是，而众之所乐，则国以乂安。庾亮之召苏峻，未必非，而势有不可，则反为危辱。自古及今，未有和易同众而不安，刚果自用而不危者也。

今陛下亦知人心之不悦矣。中外之人，无贤不肖，皆言祖宗以来，治财用者不过三司使副判官，经今百年，未尝阙事。今者无故又创一司，号曰制置三司条例使。六七少年，日夜讲求于内；使者四十余辈，分行营干于外。造端宏大，民实惊疑；创法新奇，吏皆惶惑。贤者则求其说而不可得，未免于忧；小人则以其意度朝廷，遂以为谤，谓陛下以万乘之主而言利，谓执政以天子之宰而治财。商贾不行，物价腾踊，近自淮甸，远及川蜀，喧传万口，论说百端。或言京师正店，议置监官；夔路深山，当行酒禁；拘收僧尼常住；减刻兵吏廪禄；如此等类，不可胜言。而甚者至以为欲复肉刑。斯言一出，民且狼顾。陛下与二三大臣亦闻其语矣，然而莫之顾者，徒曰："我无其事，又无其意，何恤于人言。"夫人言虽未必皆然，而疑似则有以致谤。人必贪财也，而后人疑其盗；人必好色也，而后人疑其淫。何者？未置此司，则无其谤，岂去岁之人皆忠厚，今岁之人皆虚浮？孔子曰："工欲善其事，必先利其器。"又曰："必也正名乎。"今陛下操其器而讳其事，有其名而辞其意，虽家置一喙以自解，市列千金以购人，人必不信，谤亦不止。夫制置三司条例司，求利之名也；六七少年与使者四十余辈，求利之器也。驱鹰犬而赴林薮，语人曰"我非猎也"，不如放鹰犬而兽自驯；操网罟而入江湖，语人曰"我非渔也"，不如捐网罟而人自信。故臣以为，消谗慝以召和气，复人心而安国本，则莫若罢制置三司条例司。夫陛下之所以创此司者，不过以兴利除害也。使罢之而利不兴，害不除，则勿罢；罢之而天下悦，人心安，兴利除害，无所不可，则何苦而不罢？

陛下欲去积弊而立法，必使宰相熟议而后行。事若不由中书，则是乱世之法，圣君贤相，夫岂其然？必若立法不免由中书，熟议不免使宰相，此司之设，无乃冗长而无名。智者所国，贵于无迹，汉之文景，纪无可书之事；唐之房杜，传无可载之功；而天下之言治者与文景，言贤者与房杜，盖事已立而迹不见，功已成而人不知。故曰："善用兵者，无赫赫之功。"岂惟用兵，事莫不然。今所图者，万分未获其一也，而迹之布于天下者，若泥中之斗兽。亦可谓拙谋矣。

陛下诚欲富国，择三司官属与漕运使副，而陛下与二三大臣孜孜讲求，磨以岁月，则积弊自去而人不知。但恐立志不坚，中道而废，孟轲有言："其进锐者其退速。"若有始有卒，自可徐徐，十年之后，何事不立？孔子曰："欲速则不达，见小利则大事不成。"使孔子而非圣人，则此言亦不可用。书曰："谋及卿士，至于庶人。翕然大同，乃底元吉。"若违多而从少，则静吉而作凶。

今上自宰相大臣，既已辞免不为，则外之议论，断亦可知。宰相人臣也，且不欲以此自污，而陛下独安受其名而不辞，非臣愚之所识也。君臣宵旰几一年矣，而富国之效，茫如捕风，徒闻内帑出数百万缗，祠部度五千余人耳。以此为术，其谁不能？

且遣使纵横，本非令典。汉武遣绣衣直指，桓帝遣八使，皆以守宰狼籍，盗贼公行，出于无术，行此下策。宋文帝元嘉之政，比于文景。当时责成郡县，未尝遣使。至孝武，以为郡县迟缓，始命台使督之。以至萧齐，此弊不革。故景陵王子良上疏极言其事，以为此等，朝辞禁门，情态即异；暮宿村县，威福便行；驱迫邮传；折辱守宰；公私劳扰，民不聊生。唐开元中，宇文融奏置劝农判官使裴宽等二十九人，并摄御史，分行天下，招携户口，检责漏田。时张说、杨瑒、皇甫璟、杨相如皆以为不便，而相继罢黜。虽得户八十余万，皆州县希旨，以主为客，以少为多。及使百官集议都省，而公卿以下，惧融威势，不敢异辞。陛下读之，观其所行，为是为否？近者均税宽恤，冠盖相望，朝廷亦旋觉其非，而天下至今以为谤，曾未数岁，是非较然。臣恐后之视今，亦犹今之视昔。

且其所遣，尤不适宜。事少而员多，人轻而权重。夫人轻而权重，则人多不服，或致侮慢以兴争；事少而员多，则无以为功，必须生事以塞责。陛下虽严赐约束，不许邀功，然人臣事君之常情，不从其令而从其意。今朝廷之意，好动而恶静，好同而恶异，指趣所在，谁敢不从？臣恐陛下赤子，自此无宁岁矣。

至于所行之事，行路皆知其难。何者？汴水浊流，自生民以来不以种稻。秦人之歌曰："泾水一石，其泥数斗。且溉且粪，长我禾黍。"何尝言"长我粳稻"耶？今欲陂而清之，万顷之稻，必用千顷之陂。一岁一淤，三岁而满矣。陛下遽信其说，即使相视地形，万一官吏苟且顺从，真谓陛下有意兴作，上糜帑廪，下夺农时，堤防一开，水失故道，虽食议者之肉，何补于民？天下久平，民物滋息，四方遗利，盖略尽矣。今欲凿空访寻水利，所谓"即鹿无虞"，岂惟徒劳，必大烦扰。

凡有擘画，不问何人，小则随事酬劳，大则量才录用。若官私格沮，并行黜降，不以赦原；若才力不办兴修，便许申奏替换。赏可谓重，罚可谓轻，然并终不言诸色人妄有申陈，或官私误兴功役，当得何罪。如此，则妄庸轻剽浮浪奸人，自此争言水利矣。成功则有赏，败事则无诛，官司虽知其疏，岂可便行。抑退所在，追集老少，相视可否，吏卒所过，鸡犬一空。若非灼然难行，必须且为兴役。何则？格沮之罪重，而误兴之过轻。人多爱身，势必如此。且古陂废堰，多为侧近冒耕，岁月既深，已同永业。苟欲兴复，必尽追收，人心或摇，甚非善政。又有好讼之党，多怨之人，妄言某处可作陂渠，规坏所怨田产；或指人旧业，以为官陂。冒田之讼，必倍今日。臣不知朝廷本无一事，何苦而行此哉？

自古役人必用乡户，犹食之必用五谷，衣之必用丝麻，济川之必用舟楫，行地之必用牛马。虽其间或有以他物充代，然终非天下所可常行。今者，徒闻江浙之间数郡雇役，而欲措之天下，是犹见燕晋之枣栗，岷蜀之蹲鸱，而欲以废五穀，岂不难哉？

又欲官卖所在房场，以充衙前雇直。虽有长役，更无酬劳。长役所得既微，自此必渐衰散，则州郡事体，憔悴可知。士大夫捐亲戚，弃坟墓，以从官于四方者，用力之余，亦欲取乐，此人之至情也。若雕弊太甚，厨传萧然，则似危邦之陋风，恐非太平之盛观。陛下诚虑及此，必不肯为。且今法令莫严于御军，军法莫严于逃窜。禁军三犯，厢军五犯，大率处死，然逃军常半天下。不知雇人为役，与厢军何异？若有逃者，何以罪之？其势必轻于逃军，则其逃必甚于今日。为其官长，不亦难乎？

近者虽使乡户，颇得雇人。然至于所雇逃亡，乡户犹任其责。今遂欲于两税之外，别立一科，谓之庸钱，以备官雇。则雇人之责，官所自任矣。自唐杨炎废租庸调以为两税，取大历十四年应干赋敛之数以定两税之额，则是租调与庸，两税既兼之矣。今两税如故，奈何复欲取庸？圣人之立法，必虑后世，岂可于两税之外，生出科名。万一后世不幸，有多欲之君，辅之以聚敛之臣，庸钱不除，差役仍旧，使天下怨毒，推所从来，则必有任其咎者矣。又欲使坊郭等第之民与乡户均役，品官形势之家与齐民并事。其说曰："周礼田不耕者出屋粟，宅不毛者有里布，而汉世宰相之子不免戍边。"此其所以藉口也。古者官养民，今者民养官。给之以田而不耕，劝之以农而不力，于是有里布、屋粟、夫家之征，而民无所为生，去为商贾，事势当尔，何名役之？且一岁之戍，不过三日，三日之雇，其直三百。今世三大户之役，自公卿以降，毋得免者，其费岂特三百而已。大抵事若可行，不必皆有故事，若民所不悦，俗所不安，纵有经典明文，无补于怨。若行此二者，必怨无疑。女户、单丁，盖天民之穷者也。古之王者，首务恤此，而今陛下首欲役之，此等苟非户将绝而未亡，则是家有丁而尚幼，若假之数岁，则必成丁而就役，老死而没。官富有四海，忍不加恤？

孟子曰："始作俑者，其无后乎！"春秋书"作丘甲""用田赋"，皆重其始为民患也。青苗放钱，自昔有禁，今陛下始立成法，每岁常行，虽云不许抑配，而数世之后，暴君污吏，陛下能保之欤？异日天下恨之，国史记之，曰青苗钱自陛下始，岂不惜哉？东南买绢，本用见钱，陕西粮草，不许折兑。朝廷既有著令，职司又每举行，然而买绢未尝不折盐，粮草未尝不折钞，乃知青苗不许抑配之说，亦是空文。只如治平之初，拣刺义勇，当时诏旨慰谕，明言永不戍边，著在简书，有如盟约。于今几日，议论已摇，或以代还东军，或欲抵换弓手，约束难恃，岂不明哉？纵使此令决行，果不抑配，计其间愿请之户，必皆孤贫不济之人家，若自有赢余，何至与官交易。此等鞭挞已急，则继之逃亡，逃亡之余，则均之邻保，势有必至，理有固然。且夫常平之为法也，可谓至矣。所守者约，而所及者广。借使万家之邑，已有千斛，而谷贵之际，千斛在市，物价自平。一市之价既平，一邦之食自足，无操瓢乞丐之弊，无里正催驱之劳。今若变为青苗，家贷一斛，则千户之外，孰救其饥？且常平官钱常患其少，若尽数收籴，则无借贷；若留充借贷，则所籴几何？乃知常平青苗，其势不能两立。坏彼成此，所丧愈多；亏官害民，虽悔何逮？臣窃计陛下欲考其实，必然问人，人知陛下方欲力行，必谓此法有利无害。以臣愚见，恐未可凭。何以明之？臣在陕西，见刺义勇，提举诸县，臣常亲行。愁怨之民，哭声振野，当时奉使还者，皆言民尽乐为。希合取容，自古如此。不然，则山东之盗，二世何缘不觉？南诏之败，明皇何缘不知？今虽未至于此，亦望陛下审听而已。

昔汉武之世，财力匮竭，用贾人桑羊之说，买贱卖贵，谓之均输。于时商贾不行，盗贼滋炽，几至于乱。孝昭既立，学者争排其说，霍光顺民所欲，从而予之，天下归心，遂以无事。不意今者此论复兴，立法之初，其说尚浅，徒言徙贵就贱，用近易远。然而广置官属，多出缗钱，豪商大贾，皆疑而不敢动，以为虽不明言贩卖，然既已许之变易，变易既行，而不与商贾争利，未之闻也。夫商贾之事，曲折难行，其买也先期而与钱，其卖也后期而取直，多方相济，委曲相通，倍称之息，由此而得。今官买是物，必先设官置吏。簿书廪禄，为费已厚；非良不售，非贿不行，是以官买之价，比民必贵；及其卖也，弊复如前，商贾之利，何缘而得？朝廷不知虑此，乃捐五百万缗以予之，此钱一出，恐不可复。纵使其间薄有所获，而征商之额，所损必多。今有人为其主牧牛羊，不告其主而以一牛易五羊，一牛之失则隐而不言，五羊之获则指为劳绩。陛下以为坏常平而言青苗之功，亏商税而取均输之利，何以异此？

陛下天机洞照，圣略如神，此事至明，岂有不晓。必谓已行之事不欲中变，恐天下以为执德不一，用人不终，是以迟留岁月，庶几万一。臣窃以为过矣。古之英主，无出汉高。郦生谋挠楚权，欲复六国，高祖曰："善，趣刻印。"及闻留侯之言，吐哺而骂曰："趣销印。"夫称善未几，继之以骂，刻印销印，有同儿嬉，何尝累高祖之知人，适足明圣人之无我。陛下以为可而行之，知其不可而罢之，至圣至明，无以加此。议者必谓民可与乐成，难与虑始，故陛下坚执不顾，期于必行，此乃战国贪功之人行险侥幸之说，陛下若信而用之，则是狗高论而逆至情，持空名而邀实祸，未及乐成，而怨已起矣。

臣之所愿结人心者，此之谓也。

士之进言者，为不少矣，亦尝有以国家之所以存亡，历数之所以长短告陛下者乎？国家之所以存亡者，在道德之浅深，不在乎强与弱；历数之所以长短者，在风俗之厚薄，不在乎富与贫。道德诚深，风俗诚厚，虽贫且弱，不害于长而存；道德诚浅，风俗诚薄，虽强且富，不救于短而亡。人主知此，则知所轻重矣。

是以古之贤君，不以弱而忘道德，不以贫而伤风俗，而智者观人之国，亦以此而察之。齐，至强也，周公知其后有篡弑之臣；卫，至弱也，季子知其后亡。吴破楚入郢，而陈大夫逢滑知楚之必复；晋武既平吴，何曾知其将乱；隋文既平陈，房乔知其不久；元帝斩郅支，朝呼韩，功多于武宣矣，偷安而王氏之衅生；宣宗收燕赵，复河湟，力强于宪武矣，销兵而庞勋之乱起。故臣愿陛下务崇道德而厚风俗，不愿陛下急于有功而贪富强，使陛下富如隋，强如秦，西取灵武，北取燕蓟，谓之有功可也，而国之长短，则不在此。

夫国之长短，如人之寿夭。人之寿夭在元气，国之长短在风俗。

世有尫羸而寿考，亦有盛壮而暴亡。若元气犹存，则尫羸而无害，及其已耗，则盛壮而愈危。是以善养生者，慎起居，节饮食，道引关节，吐故纳新，不得已而用药，则择其品之上、性之良，可以久服而无害，则五脏和平而寿命长。不善养生者，薄节慎之功，迟吐纳之效，厌上药而用下品，伐真气而助强阳，根本已空，僵仆无日。天下之势与此无殊。故臣愿陛下爱惜风俗，如护元气。

古之圣人，非不知深刻之法可以齐众，勇悍之夫可以集事，忠厚近于迂阔，老成初若迟钝，然终不肯以彼易此者，知其所得小而所丧大也。曹参，贤相也，曰："慎无扰狱市。"黄霸，循吏也，曰："治道去太甚。"或讥谢安以清谈废事，安笑曰："秦用法吏，二世而亡。"刘晏为度支，专用果锐少年，务在急速，集事好利之党，相师成风。德宗初即位，擢崔祐甫为相，以道德宽大，推广上意，故建中之政其声蔼然，天下相望，庶几贞观。及卢杞为相，讽上以刑名，整齐天下，驯致浇薄，以及播迁。

我仁祖之驭天下也，持法至宽，用人有叙，专务掩覆过失，未尝轻改旧章，然考其成功，则曰："未至以言乎？"用兵则十出而九败，以言乎府库则仅足，而无余徒，以德泽在人，风俗知义，是以升遐之日，天下如丧考妣。社稷长远，终必赖之，则仁祖可谓知本矣。今议者不察，徒见其末年吏多因循，事不振举，乃欲矫之以苛察，齐之以智能，招来新进勇锐之人，以图一切速成之效。未享其利，浇风已成。

且天时不齐，人谁无过，国君含垢，至察无徒。若陛下多方包容，则人材取次可用，必欲广置耳目，务求瑕疵，则人不自安，各图苟免，恐非朝廷之福，亦岂陛下所愿哉？汉文欲拜虎圈，啬夫释之，以为利口伤俗，今若以口舌捷给而取士，以应对迟钝而退人，以虚诞无实为能文，以矫激不仕为有德，则先王之泽，遂将散微。

自古用人，必须历试诸难，有卓异之器，必有已成之功。一则使其更变而知难，事不轻作；一则待其功高而望重，人自无辞。昔先主以黄忠为后将军，而诸葛亮忧其不可，以为忠之名望，素非关张之伦，若班爵遽同，则必不悦。其后关侯果以为言。以黄忠豪勇之资，以先主君臣之契，尚须虑此，况其他乎？世尝谓汉文不用贾生，以为深恨。臣尝推究其旨，窃谓不然。贾生固天下之奇才，所言亦一时之良策，然请为属国，欲以系单于，则是处士之大言，少年之锐气。昔高祖以三十万众，困于平城，当时将相群臣，岂无贾生之比，三表五饵，人知其疏，而欲以困中行，说尤不可信矣。兵，凶器也，而易言之，正如赵括之轻秦，李信之易楚，若文帝亟用其说，则天下殆将不安。使贾生尝历艰难，亦必自悔其说，用之晚成，其术必精。不幸丧亡，非意所及。不然，文帝岂弃材之主，绛灌岂蔽贤之士？至于晁错，尤号刻薄，文帝之世，止于太子家令，而景帝既立，以为御史大夫。申屠贤相，发愤而死，纷更政令，天下骚然，及至七国发难，而错之术亦穷矣。文景优劣，于斯可见。大抵名器爵禄，人所奔趋，必使积劳而后迁，以明持久而难得，则人各安其分，不敢躁求。今若多开骤进之门，使有意外之得，公卿侍从，跬步可图其得者，既不肯以侥幸自名，则其不得者必皆以沉沦为叹，使天下常调举，生妄心，耻不若人，何所不至，欲望风俗之厚，岂可得哉？选人之改，京官常须十年以上，荐更险阻，计析毫厘，其间一事声牙，常至终身沦弃，今乃以一人之荐举而与之，犹恐未称，章服随至，使积劳久次而得者何以厌服哉？夫常调之人，非守则令，员多阙少，久已患之，不可复开多门，以待巧者。若巧者侵夺已甚，则拙者迫怵无聊，利害相形，不得不察。故近岁朴拙之人愈少，巧进之士益多，惟陛下重之惜之，哀之救之。如近日三司献言，使天下郡选一人，催驱三司文字许之，先次指射以酬其劳，则数年之后，审官吏部，又有三百余人得先占阙，常调待次不其愈难。此外勾当发运均输，按行农田水利，已振监司之体，各怀进用之心，转对者望以称旨而骤迁，奏课者求为优等而速化，相胜以力，相高以言，而名实乱矣。

惟陛下以简易为法，以清净为心，使奸无所缘，而民德归厚，臣之所愿厚风俗者，此之谓也。

古者建国，使内外相制，轻重相权。如周如唐，则外重而内轻。如秦如魏，则外轻而内重。内重之弊，必有奸臣指鹿之患。外重之弊，必有大国问鼎之忧。圣人方盛而虑衰，常先立法以救弊，我国家租赋籍于计省，重兵聚于京师，以古揆今，则似内重。恭惟祖宗所以深计而预虑，固非小臣所能臆度而周知，然其委任台谏之一端，则是圣人过防之至计。历观秦汉以及五代，谏诤而死，盖数百人。而自建隆以来，未尝罪一言者，纵有薄责，旋即超升，许以风闻，而无官长。风采所系，不问尊卑，言及乘舆则天子改容，事关廊庙则宰相待罪。故仁宗之世，议者讥宰相，但奉行台谏风旨而已，圣人深意流俗，岂知台谏固未必皆贤，所言亦未必皆是，然须养其锐气，而借之重权者，岂徒然哉？将以折奸臣之萌，而救内重之弊也。夫奸臣之始，以台谏折之而有余，及其既成，以干戈取之而不足。今法令严密，朝廷清明，所谓奸臣，万无此理。然而养猫以去鼠，不可以无鼠而养不捕之猫；畜狗以防奸，不可以无奸而畜不吠之狗。陛下得不上念祖宗设此官之意，下为子孙立万世之防，朝廷纪纲，孰大于此？臣自幼小所记，及闻长老之谈，皆谓台谏所言，常随天下公议，公议所与，台谏亦与之，公议所击，台谏亦击之。及至英庙之初，始建称亲之议，本非人主大过，亦无礼典明文，徒以众心未安，公议不允，当时台谏以死争之。

今者物论沸腾，怨讟交至，公议所在，亦可知矣。而相顾不发，中外失望。夫弹劾积威之后，虽庸人亦可奋扬风采；消委之余，虽豪杰有所不能振起。臣恐自兹以往，习惯成风，尽为执政私人，以致人主孤立。纪纲一废，何事不生？孔子曰："鄙夫可与事君也与哉？其未得之也，患得之；既得之，患失之。苟患失之，无所不至矣。"臣始读此书，疑其太过，以为鄙夫之患失，不过备位而苟容，及观李斯忧蒙恬之夺其权，则立二世以亡秦，卢杞忧怀光之数其恶，则误德宗以再乱，其心本生于患失，而其患乃至于丧邦。孔子之言，良不为过。是以知为国者，平居必有亡躯犯颜之士，则临难庶几有徇义守死之臣。若平居尚不能一言，则临难何以责其死节？人臣苟皆如此，天下亦曰殆哉。君子和而不同，小人同而不和，和如和羹，同如济水。孙宝有言："周公大圣，召公大贤，犹不相悦，著于经典，两不相损。"晋之王导，可谓元臣，每与客言，举坐称善，而述不悦，以为人非尧舜，安得每事尽善，导亦敛衽谢之。若使言无不同，意无不合，更唱迭和，何者非贤？万一有小人居其间，则人主何缘得以知觉？臣之所愿存纪纲者，此之谓也。

臣非敢历诋新政，苟无异论，如近日裁减皇族恩例，刊定任子条式，修完器械，阅习鼓旗，皆陛下神算之至明，乾刚之必断，物议既允，臣安敢有词。至于所献之三言，则非臣之私见，中外所病，其谁不知。昔禹戒舜曰："无若丹朱傲，惟慢游是好。"舜岂有是哉？周公戒成王曰："毋若商王，受之迷乱，酗于酒德。"成王岂有是哉？周昌以汉高为桀纣，刘毅以晋武为桓灵，当时人君，曾莫之罪，书之史册，以为美谈。使臣所献三言，皆朝廷未尝有此，则天下之幸，臣与有焉。若有万一似之，则陛下安可不察？然而臣之为计，可谓愚矣，以蝼蚁之命，试雷霆之威，积其狂愚，岂可数赦，大则身首异处，破坏家门，小则削籍投荒，流离道路。虽然，陛下必不为此。何哉？臣天赐至愚，笃于自信，向者与议学校贡举，首违大臣，本意已期窜逐，敢意自全，而陛下独然其言，曲赐召对，从容久之，至谓臣曰："方今政令得失安在？朕过失，指陈可也。"臣即对曰："陛下生知之性，天纵文武，不患不明，不患不勤，不患不断，但患求治太速，进人太锐，听言太广。"又俾具述所以然之状，陛下颔之，曰："卿所献三言，朕当熟思之。"臣之狂愚，非独今日，陛下容之久矣，岂其容之于始，而不赦之于终？恃此而言，所以不惧。臣之所惧者，讥刺既众，怨仇实多，必将诋臣以深文，中臣以危法，使陛下虽欲赦臣而不得，岂不殆哉。死亡不辞，但恐天下以臣为戒，无复言者，是以思之经月，夜以继昼，表成复毁，至于再三，感陛下听其一言，怀不能已，卒进其说。惟陛下怜其愚忠，而卒赦之，不胜俯伏待罪忧恐之至。

第十三册，2870页

乞医疗病囚状

元丰二年正月□日，尚书祠部员外郎直史馆权知徐州军州事苏轼状奏。右臣闻汉宣帝地节四年诏曰："令甲，死者不可生，刑者不可息。此先帝之所重，而吏未称，今系者或以掠辜若饥寒瘐死狱中，何用心逆人道也！朕甚痛之。其令郡国岁上系囚以掠笞若瘐死者所坐名、县、爵、里，丞相御史课殿最以闻。"此汉之盛时，宣帝之善政也。朝廷重惜人命，哀矜庶狱，可谓至矣。

囚以掠笞死者法甚重，惟病死者无法，官吏上下莫有任其责者。苟以时言上，检视无他，故虽累百人不坐。其饮食失时，药不当病而死者，何可胜数？若本罪应死，犹不足深哀，其以轻罪系而死者，与杀之何异？积其冤痛，足以感伤阴阳之和。是以治平四年十二月二十四日手诏曰："狱者，民命之所系也。比闻有司岁考天下之奏，而瘐死者甚多。窃惧乎狱吏与犯法者旁缘为奸，检视或有不明，使吾元元横罹其害，良可悯焉。《书》不云乎：'与其杀不辜，宁失不经。'其具为今后诸处军巡院、州司理院所禁罪人，一岁内在狱病死及两人者，推司狱子并从杖六十科罪，每增一名，加罪一等，至杖一百止。如系五县以上州，每院岁死及三人，开封府府司军巡院岁死及七人，即依上项死两人法科罪，加等亦如之。典狱之官推狱经两犯即坐本官，仍从违制失入，其县狱亦依上条。若三万户以上，即依五县以上州军条。其有养疗不依条贯者，自依本法。仍仰开封府及诸路提点刑狱，每至岁终，会聚死者之数以闻，委中书门下点检。或死者过多，官吏虽已行罚，当议更加黜责。"

行之未及数年，而中外臣僚争言其不便。至熙宁四年十月二日中书札子详定编敕所状，令众官参详，狱囚不因病死，及不给医药饮食，以至非理惨虐，或谋害致死，自有逐一条贯。及至捕伤格斗，实缘病死，则非狱官之罪。况有不幸遭遇瘴疫，死者或众，而使狱官滥被黜罚，未为允当。今请只行旧条外，其上件狱囚病死条贯更不行用。奉圣旨，依所申。

臣窃惟治平四年十二月二十四日手诏，乃陛下好生之德，远同汉宣，方当推之无穷。而郡县俗吏，不能深晓圣意，因其小不通，辄为驳议，有司不能修其缺，通其碍，乃举而废之，岂不过甚矣哉！

臣愚以谓狱囚病死，使狱官坐之，诚为未安。何者？狱囚死生，非人所能必，责吏以其所不能必，吏且惧罪，多方以求免。囚小有疾，则责保门留，不复疗治，苟无亲属，与虽有而在远者，其捐瘠致死者，必甚于在狱。

臣谨按：《周礼·医师》："岁终，则稽其医事，以制其食。十全为上，十失一次之，十失二次之，十失三次之，十失四为下。"臣愚欲乞军巡院及天下州司理院各选差衙前一名，医人一名，每县各选差曹司一名，医人一名，专掌医疗病囚，不得更充他役，以一周年为界。量本州县囚系多少，立定佣钱，以免役宽剩钱或坊场钱充，仍于三分中先给其一，俟界满比较，除罪人拒捕及斗致死者不计数外，每十人失一以上为上等，失二为中等，失三为下等，失四以上为下下。上等全支，中等支二分，下等不支，下下科罪，自杖六十至杖一百止，仍不分首从。其上中等医人界满，愿再管勾者听。人给历子以书等第。若医博士助教有阙，则比较累岁等第最优者补充。如此，则人人用心，若疗治其家人，缘此得活者必众。且人命至重，朝廷所甚惜，而宽剩役钱与坊场钱，所在山积，其费甚微，而可以全活无辜之人，至不可胜数，感人心，合天意，无善于此者矣。

独有一弊，若死者稍众，则所差衙前曹司医人，与狱子同情，使囚诈称疾病，以张人数。臣以谓此法责罚不及狱官、县令，则狱官、县令无缘肯与此等同情欺罔。欲乞每有病囚，令狱官、县令具保，明以申州，委监医官及本辖干系官吏觉察。如诈称病，狱官、县令皆科杖六十，分故失为公私罪。伏望朝廷详酌，早赐施行。谨录奏闻，伏候敕旨。

第十三册，2997页

因擒鬼章论西羌夏人事宜札子

元祐二年九月八日，翰林学士朝奉郎知制诰兼侍读苏轼札子奏。臣窃见近者熙河路奏生擒鬼章，百官称贺，中外同庆。臣愚无知，窃谓安危之机，正在今日。若应之有道，处之有术，则安边息民，必自是始。不然，将骄卒惰，以胜为灾，亦不足怪。故臣区区欲先陈前后致寇之由，次论当今待敌之要，虽狂愚无取，亦臣子之常分。

昔先帝用兵累年，虽中国靡弊，然夏人困折，亦几于亡。横山之地，沿边七八百里中，不敢耕者至二百余里。岁赐既罢，和市亦绝，虏中匹帛至五十余千，其余老弱转徙，牛羊堕坏，所失盖不可胜数。饥羸之余，乃始款塞。当时执政大臣谋之不深，因中国厌兵，遂纳其使。每一使至，赐予、贸易无虑得绢五万余匹，归鬻之，其直匹五六千，民大悦。一使所获，率不下二十万缗，使五六至，而累年所罢岁赐，可以坐复。既使虏因吾资以德其民，且饱而思奋，又使其窥我厌兵欲和之意，以为欲战欲和，权皆在我，以故轻犯边陲，利则进，否则复求和，无不可者。若当时大臣因敌之请，受其词不纳其使，且诏边臣与之往返商议，所获新疆，取舍在我，俟其词意屈服，约束坚明，然后纳之，则敌虽背恩反覆，亦不至如今日之速也。敌虽有易我意，然不得西蕃解仇结好，亦未敢动。夫阿里骨，董毡之贼臣也。挟契丹公主以弑其君之二妻。董毡死，匿丧不发，逾年众定，乃诈称嗣子，伪书鬼章温溪心等名以请于朝。当时执政，若且令边臣审问鬼章等以阿里骨当立不当立，若朝廷从汝请，遂授节钺，阿里骨真汝主矣，汝能臣之如董毡乎？若此等无词，则是诸羌心服，既立之后，必能统一都部，吾又何求？若其不服，则衅端自彼，爵命未下，曲不在吾。彼既一国三公，则吾分其恩礼，各以一近上使额命之，鬼章等各得所欲，宜亦无患。当时执政不深虑此，专以省事为安，因其妄请，便授节钺，阿里骨自知不当立，而忧鬼章之讨也，故欲借力于西夏以自重，于是始有解仇结好之谋。而鬼章亦不平朝廷之以贼臣君我也，故怒而盗边。夏人知诸羌之叛也，故起而和之。此臣所谓前后致寇之由，明主不可以不知者也。虽既往不咎，然可以为方来之鉴。

元昊本怀大志，长于用兵；亮祚天付凶狂，轻用其众，故其为边患皆历年而后定。今梁氏专国，素与人多不协，方内自相图，其能以创残呻吟之余，久与中国敌乎？料其奸谋，盖非元昊、亮祚之比矣。意谓二圣在位，恭默守成，仁恕之心，著于远迩，必无用武之意，可肆无厌之求。兰、会诸城，鄜、延五寨，好请不获，势胁必从。猖狂之后，求无不获，计不过此耳。今者切闻朝廷降诏诸路，敕励战守，深是逆顺曲直之理，此固当今之急务，而诏书之中，亦许夏人之自新。臣窃以谓开之太易，纳之太速，曾未一战，而厌兵欲和之意已见乎外，此复蹈前日之失矣。臣甚惜之。今既闻鬼章之捷，或渐有款塞之谋，必将为恭狠相半之词，而继之以无厌之请。若朝廷复纳其使，则是欲战欲和，权皆在虏，有求必获，不获必叛，虽偷一时之安，必起无穷之衅。故臣愿明主断之于中，深诏大臣，密敕诸将，若夏人款塞，当受其词而却其使，然后明敕边臣，以夏人受恩不赀，无故犯顺，今虽款塞，反覆难保。若实改心向化，当且与边臣商议，苟词意未甚屈服，约束未甚坚明，则且却之，以示吾虽不逆其善意，亦不汲汲求和也。彼若心服而来，吾虽未纳其使，必不于往返商议之间，遽复盗边。若非心服，则吾虽荡然开怀，待之如旧，能必其不叛乎？今岁泾原之人，岂吾待之不至耶？但使吾兵练士饱，斥候精明，虏无大获，不过数年，必自折困，今虽小劳，后必坚定，此臣所谓当今待敌之要，亦明主不可以不知者也。

今朝廷意在息民，不惮屈己，而臣献言，乃欲艰难其请，不急于和，似与圣意异者。然古之圣贤欲行其意，必有以曲成之，未尝直情而径行也。将欲翕之，必固张之；将欲取之，必固予之。夫直情而径行，未有获其意者也。若权其利害，究其所至，则臣之愚计，于安边息民，必久而固，与圣意初无小异。然臣窃度朝廷之间，似欲以畏事为无事者，臣窃以为过矣。夫为国不可以生事，亦不可以畏事。畏事之弊，与生事均。譬如无病而服药，与有病而不服药，皆可以杀人。夫生事者，无病而服药也。畏事者，有病而不服药也。乃者阿里骨之请，人人知其不当予，而朝廷予之，以求无事，然事之起，乃至于此，不几于有病而不服药乎？今又欲遽纳夏人之使，则是病未除而药先止，其与几何？臣于侍从之中，受恩至深，其于委曲保全与众独异，故敢出位先事而言，不胜恐悚待罪之至。取进止。

第十四册，3130页

论特奏名

元祐三年二月二十九日，翰林学士朝奉郎知制诰苏轼同孙觉、孔文仲札子奏。臣等伏见从来天下之患，无过官冗，人人能言其弊，而不能去其害。惟往年韩琦、富弼等，独能裁减任子及展年磨勘。发议之初，士大夫相顾莫敢以身当之者，以为必致谤议。琦等不顾既立成法，天下肃然，无一人非之者，何则？私欲不可以胜公议故也。流弊之极，至于今日，一官之阙，率四五人守之，争夺纷纭，廉耻道尽。中材小官，阙远食贫，到官之后，求取渔利，靡所不为，而民病矣。臣等自入贡院，四方免解举人投状称，今来是龙飞榜，乞为数奏法外推恩者，不可胜数。近准圣旨，下第举人各以举数特奏名，已约计四百五十人。今日又准尚书省札子取前来圣旨，则又添数百人。虽未知朝廷作何行遣，不当先事建言，但恐朝命已行，即论奏不及。臣等伏见，恩榜得官之人，例皆垂老，别无进望，惟务黩货以为归计，贪冒不职，十人而九。今之议者不过谓即位之初，宜广恩泽。苟以悦此侥幸无厌数百人者，而不知吏部以有限之官，待无穷之吏；户部以有限之财，禄无用之人，而所至州县，举罹其害。伏乞断自圣意，明敕大臣，特奏名举人，只依近日圣旨指挥，仍诏殿试考官精加考校，量取一二十人，委有学问，词理优长者，即许出官，其余皆补文学、长史之类，不理选限，免使积弊之极，增重不已。臣等非不知言出怨生，既忝近臣，理难缄默。取进止。

贴黄。臣觉见备员吏部，亲见其害，阙每一出，争者至一二十人，虽川、广、福建烟瘴之地，不问日月远近，惟欲争先注授。臣窃怪之，阴以访问。以为授官之后，即请雇钱，多者至五七十千：又既授远阙，许先借料钱，远者许借三月，又得四十余千。以贪婪无知之人，又以衰老，到官之后，望其持廉奉法，尽公治民，不可得也。

第十四册，3169 页

论边将隐匿败亡宪司体量不实札子

元祐三年闰十二月四日，翰林学士知制诰兼侍读苏轼札子奏。臣近以目昏臂痛，坚乞一郡，盖亦自知受性刚褊，黑白太明，难以处众。伏蒙圣慈，降诏不许，两遣使者存问慰安。天恩深厚，沦入骨髓。臣谓此恩当以死报，不当更计身之安危，故复起就职，而职事清闲，未知死所，每因进读之闲，事有切于今日者，辄复尽言，庶补万一。

昨日所读《宝训》，有云："淳化二年，上谓侍臣，诸州牧监马多瘦死，盖养饲失时，枉致病毙。近令取十数槽置殿庭下，视其刍秣，教之养疗，庶革此弊。"臣因进言马所以病，盖将吏不职，致圉人盗减刍粟，且不恤其饥饱劳逸故也。马不能言，无由申诉，故太宗至仁，深哀怜之，置之殿庭，亲加督视。民之于马，轻重不同，若官吏不得其人，人虽能言，上下隔绝，不能自诉，无异于马。马之饥瘦劳苦，则有毙踣奔逸之忧；民之困穷无聊，则有沟壑盗贼之患。然而四海之众，非如养马，可以置之殿庭，惟当广任忠贤，以为耳目，若忠贤疏远，谄佞在傍，则民之疾苦，无由上达。

秦二世时，陈胜、吴广，已屠三川，杀李由，而二世不知。陈后主时，隋兵已渡江，而后主不知。此皆昏主，不足道。如唐明皇亲致太平，可谓明主，而张九龄死，李林甫、杨国忠用事，鲜于仲通以二十万人没于云南，不奏一人，反更告捷，明皇不问，以至上下相蒙，禄山之乱，兵已过河，而明皇不知也。今朝廷虽无此事，然臣闻去岁夏贼犯镇戎，所杀掠不可胜数，或云"至万余人"。而边将乃奏云"野无所掠"。其后朝廷访闻，委提刑司体量，而提刑孙路止奏十余人，乞朝廷先赐放罪，然后体量实数。至今迁延二年，终未结绝闻奏。凡死事之家，官所当恤，若隐而不奏，则生死衔冤，何以使人？此岂小事，而路为耳目之司，既不随事奏闻朝廷，既行蒙蔽，又乞放罪，迁延侮玩，一至于此！臣谓此风渐不可长，驯致其患，何所不有，此臣之所深忧也。臣非不知陛下必已厌臣之多言，左右必已厌臣之多事，然受恩深重，不敢自同众人，若以此获罪，亦无所憾。取进止。

第十四册,3235页

乞校正陆贽奏议进御札子

臣等猥以空疏，备员讲读。圣明天纵，学问日新。臣等才有限而道无穷，心欲言而口不逮，以此自愧，莫知所为。

窃谓人臣之纳忠，譬如医者之用药，药虽进于医手，方多传于古人。若已经效于世间，不必皆从于己出。

伏见唐宰相陆贽，才本王佐，学为帝师。论深切于事情，言不离于道德。智如子房而文则过，辩如贾谊而术不疏，上以格君心之非，下以通天下之志。但其不幸，仕不遇时。德宗以苛刻为能，而贽谏之以忠厚；德宗以猜疑为术，而贽劝之以推诚；德宗好用兵，而贽以消兵为先；德宗好聚财，而贽以散财为急。至于用人听言之法，治边驭将之方，罪己以收人心，改过以应天道，去小人以除民患，惜名器以待有功，如此之流，未易悉数。可谓进苦口之乐石，针害身之膏肓。使德宗尽用其言，则贞观可得而复。

臣等每退自西阁，即私相告言，以陛下圣明，必喜贽议论。但使圣贤之相契，即如臣主之同时。昔冯唐论颇、牧之贤，则汉文为之太息；魏相条、董之对，则孝宣以致中兴。若陛下能自得师，莫若近取诸贽。夫六经三史，诸子百家，非无可观，皆足为治。但圣言幽远，末学支离，譬如山海之崇深，难以一二而推择。如贽之论，开卷了然。聚古今之精英，实治乱之龟鉴。臣等欲取其奏议，稍加校正，缮写进呈。愿陛下置之坐隅，如见贽面，反覆熟读，如与贽言。必能发圣性之高明，成治功于岁月。臣等不胜区区之意，取进止。

第十四册，3566 页

朝辞赴定州论事状

元祐八年九月二十六日，端明殿学士兼翰林侍读学士左朝奉郎守礼部尚书苏轼状奏。右臣闻天下治乱，出于下情之通塞。至治之极，至于小民，皆能自通。大乱之极，至于近臣，不能自达。《易》曰："天地交，泰。"其词曰："上下交而其志同。"又曰："天地不交，否。"其词曰："上下不交，而天下无邦。"夫无邦者，亡国之谓也。上下不交，则虽有朝廷君臣，而亡国之形已具矣，可不畏哉！臣不敢复引衰世昏主之事，只如唐明皇，中兴刑措之君也，而天宝之末，小人在位，下情不通，则鲜于仲通以二十万人全军陷没于泸南，明皇不知，驯致其事，至安禄山反，兵已过河，而明皇犹以为忠臣。此无他，下情不通，耳目壅蔽，则其渐至于此也。

臣在经筵，数论此事，陛下为政九年，除执政台谏外，未尝与群臣接，然天下不以为非者，以为垂帘之际不得不尔也。今者祥除之后，听政之初，当以通下情、除壅蔽为急务。臣虽不肖，蒙陛下擢为河北西路安抚使，沿边重地，此为首冠，臣当悉心论奏，陛下亦当垂意听纳。祖宗之法，边帅当上殿面辞，而陛下独以本任阙官迎接人众为词，降旨拒绝不令上殿，此何义也？臣若伺候上殿，不过更留十日，本任阙官，自有转运使权摄，无所阙事。迎接人众，不过更支十日粮，有何不可？而使听政之初，将帅不得一面天颜而去，有识之士，皆谓陛下厌闻人言，意轻边事，其兆见于此矣。

臣备位讲读，日侍帷幄，前后五年，可谓亲近。方当戍边，不得一见而行。况疏远小臣，欲求自通，亦难矣。《易》曰："天行健，君子以自强不息。"又曰："帝出乎震，相见乎离。"夫圣人作而万物睹，今陛下听政之初，不行乘乾出震见离之道，废祖宗临遣将帅故事，而袭行垂帘不得已之政，此朝廷有识所以惊疑而忧虑也。臣不得上殿，于臣之私，别无利害，而于听政之始，天下属目之际，所损圣德不小。臣已于今月二十七日出门，非敢求登对，然臣始者本俟上殿，欲少效愚忠，今来不敢以不得对之故，便废此言，惟陛下察臣诚心，少加采纳，

古之圣人，将有为也，必先处晦而观光，处静而观动，则万物之情，毕陈于前。不过数年，自然知利害之真，识邪正之实，然后应物而作，故作无不成。臣敢以小事譬之。夫操舟者常患不见水道之曲折，而水滨之立观者常见之。何则？操舟者身寄于动，而立观者常静故也。奕棋者胜负之形，虽国工有所不尽，而袖手旁观者常尽之。何则？弈者有意于争，而旁观者无心故也。若人主常静而无心，天下其孰能欺之？汉景帝即位之初，首用晁错，更易法令，黜削诸侯，遂成七国之变。景帝往来两宫间，寒心者数月，终身不敢复言兵。武帝即位未几，遂欲用兵鞭挞四夷，兵连祸结，三十余年，然后下哀痛诏，封宰相为富民侯。臣以此知古者英睿之君，勇于立事，未有不悔者也。景帝之悔速，故变而复安。武帝之悔迟，故几至于乱。虽迟速安危小异，然比之常静无心，终始不悔如孝文帝者，不可同年而语矣。今陛下圣智绝人，春秋鼎盛。臣愿虚心循理，一切未有所为，默观庶事之利害与群臣之邪正，以三年为期。俟得利害之真，邪正之实，然后应物而作。使既作之后，天下无恨，陛下亦无悔，上下同享太平之利。则虽尽南山之竹，不足以纪圣功，兼三宗之寿，不足以报圣德。由此观之，陛下之有为，惟忧太早，不患稍迟，亦已明矣。

臣又闻为政如用药方，今天下虽未大治，实无大病。古人云："有病不治，常得中医。"虽未能尽除小疾，然贤于误服恶药、觊万一之利而得不救之祸者远矣。臣恐急进好利之臣，辄劝陛下轻有改变，故辄进此说，敢望陛下深信古语，且守中医安稳万全之策，勿为恶药所误，实社稷宗庙之利，天下幸甚。臣不胜忘身忧国之心，冒死进言。谨录奏闻，伏候敕旨。

第十四册，3588 页

论浙西闭籴状

本路今岁不熟，初水后旱，早晚俱伤，高下并损，已具事由闻奏去讫。勘会本路，唯苏、湖、常、秀等州出米浩瀚，常饱数路，漕输京师。自杭、睦以东衢、婺等州，谓之上乡，所产微薄，不了本庄所食。里谚云："上乡熟，不抵下乡一锅粥。"盖全仰苏、秀等州商旅贩运以足官私之用。今来虽一例灾伤，而苏、秀等州所产，终是滂沛。访闻逐州例皆闭籴，严立赏罚，不许米斛出境，是致杭州常平省仓籴买不行，民亦阙食，见今粳米已至八九十足钱。寻具牒苏、秀等州，不得闭籴。访问逐州虽承受本司指挥，依旧闭籴。寻差识字公人陈宥往秀州抄录到所出榜示二本，其大略云：如有诸色人抬价买米贩往别州，许人告提，立定赏，多者至五十贯。兼取问得杭州米行人状称，因逐州见今立赏告捉私贩，全无米船到州。认是逐州官吏坚意闭籴，本司无缘止绝。若商旅不行，米贵不已，公私窘乏，盗贼之类，何所不有。以此合系本司知管，除已牒转运、提刑司外，须至奏闻者。

右本司访闻得浙中父老皆言，熙宁七八年，两浙灾伤，人死大半。当时虽系天时不熟，亦是本路监司郡守如张靓、沈起之流处置乖方，助成灾变，既无方略赈济，惟务所在闭籴。苏、秀等州米斛既不到杭，杭州又禁米不得过浙东，是致人心惊危，有停塌之家，亦皆深藏固惜，不肯出粜，民有衣被罗纨。戴佩珠金，而米不可得，毙于道路，不可胜数。流殍之变，古今罕闻。伏望仁圣痛加哀怜，曲赐过虑，体念今来浙中虽未是大段凶年，只恐官吏有失措置，渐所灾患，所忧不小。若商旅不行，米贵不已，农夫阙食，春夏之交无力种，则明年灾伤，公私并竭，不知何以待之？伏望圣慈深以熙宁之事为鉴，严赐指挥本路监司，多方擘画，安之于未动，救之于未危，仍乞指挥速行止绝逐州闭籴。所贵杭、睦、衢、婺等州，不至全然乏食。谨录奏闻，伏候敕旨。

第十四册，3647 页

代滕甫论西夏书

臣素无学术，老不读书。每欲披竭愚忠，上补圣明万一，而肝肺枯涸，卒无可言。近者因病求医，偶悟一事，推之有政，似可施行，惟陛下财幸。臣近患积聚，医云：据病，当下，一月而愈。若不下，半年而愈。然中年以后，一下一衰，积衰之患，终身之忧也。臣私计之，终不以一月之快，而易终身之忧。遂用其言，以善药磨治半年而愈。初不伤气，体力益完。因悟近日臣僚献言欲用兵西方，皆是医人欲下一月而愈者也。其势亦未必不成，然终非臣子深爱君父欲出万全之道也。以陛下圣明，将贤士勇，何往不克，而臣尚以为非万全者。俗言彭祖观井，自系大木之上，以车轮覆井，而后敢观。此言虽鄙而切于事。陛下爱民忧国，非特如彭祖之爱身。而兵者凶器，动有存亡，其陷人可畏，有甚于井。故臣愿陛下之用兵，如彭祖之观井，然后为得也。

臣窃观自古用兵者，莫如曹操。其破灭袁氏，最有巧思。请试为陛下论之。袁绍以十倍之众，大败于官渡，仅以身免。而操敛兵不追者，何也？所以缓绍而乱其国也。绍归国益骄，忠贤就戮，嫡庶并争，不及八年，而袁氏无遗种矣。向使操急之，绍既未可以一举荡灭，若惧而修政，用田丰而立袁谭，则成败未可知也。其后北征乌丸，讨袁尚、袁熙，尚、熙走辽东，或劝操遂平之。操曰："彼素畏尚等。吾今急之则合，缓之则自相图。其势然也。"遂引兵还。曰："吾方使公孙康斩送其首。"已而果然。若操者，可谓巧于灭国矣。灭国，大事也。不可以速。譬如小儿之毁齿，以渐摇撼之，则齿脱而小儿不知。若不以渐，一拔而得齿，则毁齿可以杀儿。故臣愿陛下之取西夏，如曹操之取袁氏也。

方元昊强时，谋臣猛将，尽其智力，十年而不敢近。今者主弱臣强，其国内乱。陛下使偏师一出，斩名王，虏伪公主，筑兰、会等州，此真千载一时，天以此贼授陛下之秋也。兵法有之：同舟而遇风，则胡越相救，如左右手。今秉常虽为母族所篡，以意度之，其世家大族，亦未肯俯道首连臂为此族用也。今乃合而为一，坚壁清野以抗王师，如左右手。此正同舟遇风之势也，法当缓之。

今天威已震，臣愿陛下选用大臣宿将素为贼所畏服者，使兼帅五路。聚重兵境上，号称百万，蒐乘补卒，牛酒日至。金鼓之声，闻于数百里间，外为必讨之势，而实不出境。多出金帛遣间使辩士离坏其党与。且下令曰："尺土吾不爱，一民吾不有也。其有能以地与众降者，即以封之。有敢攘其地、掠其人者，皆斩。"不出一年，必有权均力敌内自相疑者。人情不远，各欲求全，及王师之未出，争为先降，以邀重赏。陛下因而分裂之，即用其酋豪，命以爵秩，棋布错峙，务使相仇，如汉封呼韩邪通西域故事。不过于要害处筑一城，屯数千人，置一将以护诸部，可使数百年面内保境，不烦城守馈运，岂非万全之至计哉？臣愿陛下断之于中，深虑而远计之。

夫为人臣计与为人主计不同。人臣非攘地效首掳，无以为功；为陛下计，惟天下安、社稷固否耳。陛下神圣冠古，动容举意，皆是功德。但能措泰山之安，与天地等寿，则竹帛不可胜纪，而尧、舜、禹、汤不足过也。议者不知出此，争欲急于功名，履危犯难，以劳圣虑，臣窃不取。古人有言："省功不如省事，省事不如清心。"刘洎谏唐太宗曰："皇天以不言为贵，圣人以不言为德。老子称大辩若讷，庄子言至道无文。且多记则损心，多言则耗气，心气内损，形神外劳，初虽不觉，后必为累。须为社稷自爱。"人臣爱君，未有如洎之深至者也。臣窃慕之。虽谪守在外，不当妄言，然自念旧臣，譬之老马，虽筋力已衰，不堪致远，而经涉险阻，粗识道路，惟陛下哀愍其愚而怜其意。不胜幸甚。

第十四册，3679 页

与朱鄂州书

轼启。近递中奉书，必达。比日春寒，起居何似。昨日武昌寄居王殿直天麟见过，偶说一事，闻乏酸辛，为食不下。念非吾康叔之贤，莫足告语，故专遣此人。俗人区区，了眼前事，救过不暇，岂有余力及此度外事乎？天麟言：岳鄂间田野小人，例只养二男一女，过此辄杀之，尤讳养女，以故民间少女，多鳏夫。初生，辄以冷水浸杀，其父母亦不忍，率常闭目背面，以手按之水盆中，咿嘤良久乃死。有神山乡百姓石揆者，连杀两子，去岁夏中，其妻一产四子，楚毒不可堪忍，母子皆毙，报应如此，而愚人不知创艾。天麟每闻其侧近有此，辄驰救之，量与衣服饮食，全活者非一。既旬日，有无子息人欲乞其手者，辄亦不肯。以此知其父子之爱，天性故在，特牵于习俗耳。

准律，故杀子孙，徒二年。此长吏所得按举。愿公明以告诸邑令佐，使召诸保正，告以法律，谕以祸福，约以必行，使归转以相语，仍录条粉壁晓示，且立赏召人告官，赏钱以犯人及邻保家财充，若客户则及其地主。妇人怀孕，经涉岁月，邻保地主，无不知者。若后杀之，其势足相举觉，容而不告，使出赏固宜。若依律行遣数人，此风使革。公更使令佐各以至意诱谕地主豪户，若实贫甚不能举子者，薄有以周之。人非木石，亦必乐从。但得初生数日不杀，后虽劝之使杀，亦不肯矣。自今以往，缘公而得活者，岂可胜计哉。

佛言杀生之罪，以杀胎卵为最重。六畜犹尔，而况于人。俗谓小儿病为无辜，此真可谓无辜矣。悼耄杀人犹不死，况无罪而杀之乎？公能生之于万死中，其阴德十倍于雪活壮夫也。昔王濬为巴郡太守，巴人生子皆不举。濬严其科条，宽其徭役，所活数千人。及后伐吴，所活着皆堪为兵。其父母戒之曰："王府君生汝，汝必死之。"古之循吏，如此类者非一。居今之世，而有古循吏之风者，非公而谁。此事特未知耳。

轼向在密州，遇饥年，民多弃子，因盘量劝诱米，得出剩数百石别储之，专以收养弃儿，月给六斗。比期年，养者与儿，皆有父母之爱，遂不失所，所活亦数十人。此等事，在公如反手耳恃深契，故不自外。不罪！不罪！此外，惟为民自重。不宣。轼再顿首。

第十六册，5287页

与王庠书

轼启。远蒙差人致书问安否，辅以药物，眷意甚厚。自二月二十五日，至七月十三日，凡一百三十余日乃至，水陆盖万余里矣。罪戾远黜，既为亲友忧，又使此两人者，跋涉万里，比其还家，几尽此岁，此君爱我之过而重其罪也。但喜比来侍奉多暇，起居佳胜。轼罪大责薄，居此固宜，无足言者。瘴疠之邦，僵仆者相属于前，然亦有以取之。非寒暖失宜，则饥饱过度，苟不犯此者，亦未遽病也。若大期至，固不可逃，又非南北之故矣。以此居之泰然，不烦深念。前后所示著述文字，皆有古作者风力，大略能道意所欲言者。孔子曰："辞达而已矣。"辞至于达，止矣，不可以有加矣。《经说》一篇，诚哉是言也。西汉以来，以文设科而文始衰，自贾谊、司马迁，其文已不逮先秦古书，况其下者。文章犹尔，况所谓道德者乎？若所论周勃，则恐不然。平、勃未尝一日忘汉，陆贾为之谋至矣。彼视禄、产犹几上肉，但将相和调，则大计自定。若如君言，先事经营，则吕后觉悟，诛两人，而汉亡矣。轼少时好议论古人，既老，涉世更变，往往悔其言之过，故乐以此告君也。儒者之病，多空文而少实用。贾谊、陆贽之学，殆不传于世。老病且死，独欲以此教子弟，岂意姻亲中，乃有王郎乎？三复来贶，喜抃不已。应举者志于得而已。今程试文字，千人一律，考官亦厌之，未必得也。如君自信不回，必不为时所弃也。又况得失有命，决不可移乎？勉守所学，以卒远业。相见无期，万万自重而已。人还，谨奉手启，少谢万一。

第十六册，5306页

与王荆公二首（以下俱离黄州）

之二

某顿首再拜特进大观文相公执事。某近者经由，屡获请见，存抚教诲，恩意甚厚。别来切计台候万福。某始欲买田金陵，庶几得陪杖屦，老于钟山之下。既已不遂，今仪真一住，又已二十日，日以求田为事，然成否未可知也。若幸而成，扁舟往来，见公不难矣，向屡言高邮进士秦观太虚，公亦粗知其人，今得其诗文数十首，拜呈。词格高下，固无以逃于左右，独其行义修饬，才敏过人，有志于忠义者，某请以身任之。此外，博综史传，通晓佛书，讲习医药，明练法律，若此类，未易以一二数也。才难之叹，古今共之，如观等辈，实不易得。愿公少借齿牙，使增重于世，其他无所望也。秋气日佳，微恙颇已失去否？伏冀自重。不宣。

第十六册,5383页

上吕相公一首

轼昨日面论邢夔事。愚意本谓刑鼻是平人，邢夔妄意其为盗杀之，苟用犯时不知勿论法，深恐今后欲杀人者，皆因其疑似而杀，但云“我意汝是盗”即免矣。公言此自是谋杀，若不勘出此情，安用勘司！轼归而念公言，既心服矣，然念近者西京奏秦课儿于大醉不省记中，打杀南贵，就缚，至醒，取众证为定，作可悯奏，已得旨贷命，而门下别取旨断死。窃闻舆议，亦恐贷之启奸，若杀人者得以醉免，为害大矣。轼始者亦以为然，固已书过录黄，再用公昨日之言思之，若今后实醉不醒而杀，其情可悯，可以原贷，若托醉而杀，自是谋杀，有勘司在。邢夔犯时不知，秦课儿醉不省记，皆在可悯之科，而邢夔臀杖编管，秦课儿决杀，似轻重相远，情有未安。人命至重，若公以为然，文字尚在尚书省，可追改也。

第十六册,5386页

与刘贡父七首（以下俱涂州）

之　六

某忝冒过甚，出于素奖。然迂拙多忤，而处争地，不敢作久安计，兄当有以教督之。血指汗颜，旁观之说，奈何！奈何！举官之事，有司逃失行之罪，归咎于兄。清明在上，岂可容此，小子何与焉。茯苓、松脂虽乏近效，而岁计有余，未可弃也。默坐反照，瞑目数息，当记别时语耶？

第十六册，5477页

与曾子宣十三首（登州还朝）

之 三

上党、雁门出一草药，名长松，治大风，气味芳烈，亦可作汤常服。近岁河东人多以为饷，若不甚难致，乞为求一斤许。仍恕造次。

第十六册，5485页

之 六

某蒙庇如昨，幸与子开同省，孤拙当有依赖，幸甚！幸甚！衮衮过日，无毫发之补，甚不自安。又未敢乞郡。何时款奉，少尽所怀，临书惘惘。寄惠长松、榛实、天花菜，皆珍异之品，捧当感怍。

第十六册，5488页

与滕达道六十八首（杭倅）

之三十五

某启。久不奉状，愧仰日深。辱专人手书，具审比来台候胜常，感慰兼集。自闻公得吴兴，日望一见于中途。而所至以贱累不安，迟留就医，竟失一婴儿。又老境所迫，归计茫然，故所至求田问舍，然卒无成。十四日决当离此，真州更不敢住。恐真守坚留，当住一日。不知公犹能少留，以须一见否？死罪！死罪！若到扬，闻公犹在，亦须当轻舟往见也。若又失此期，则遂远别矣。渐凉，惟顺时为国自重。人还，谨奉状布谢。不宣。

第十六册，5549页

之四十五

某启。一别四年，流离契阔，不谓复得见公。执手恍然，不觉涕下。风俗日恶，忠义寂寥，见公使人差增气也。别来情怀不佳，忽得来教，甚解郁郁。且审起居佳胜为慰。某以少事，更数日，方北去。宜兴田已问去。若得稍佳者，当扁舟径往视之，遂一至湖。见公固所愿，然事有可虑者，恐未能往也。若得请居常，则固当至治下，搅扰公数月也。未间，惟万万为时自重。

第十六册,5565页

之六十一（登州还朝）

某启。此去见有方药可以起公之微疾者，专为访之，如所谕也。四月中所报及却罢之由，未闻其实，到都下当驰白也。

第十六册,5585页

之六十七

某再启。瀛洲之命，既以先讳为辞，想当易地耶？所云杭，已除元素，计必闻之矣。佳梦，岂特公爱我之深，发于想念尔。批示党人，甚堪一笑而已。子由除户侍，方欲辞免也。闲恐知之。孔经甫外制，顾将军夕拜，张仲举待制，皆恐要知。广大格岂敢望李憨子耶？然亦有一长从来，不敢使幸及赖耳，想当一笑。寄惠地黄煎，感服厚念。

第十六册,5592页

与李公择十七首（杭倅）

之　九

某再拜。论养生之法，虽壮年好访问此术，更何所得。然比年流落瘴地，苦无他疾，似亦得其力尔。大约安心调气，节食少欲，思过半矣，余不足言。某见在东坡，作陂种稻，劳苦之，亦自有乐事。有屋五间，果菜十数畦，桑百余本，身耕妻蚕，聊以卒岁也。

第十六册,5614页

之十二

某启。近领手教，极慰想念。比日起居何如？秋色佳哉，想有以为乐。人生唯寒食、重九，慎不可虚掷，四时之美，无如此节者矣。寄示妙药刀鞘，并已领。近有潮州人寄一物，其上云扶劣膏，不言所用。状如羊脂而颇坚，盛竹筒中，公识此物否？味其名，必佳物也。若识之，当洋以示，可分去，或为问习南海物者。料公亦不久有别命。如未，冬间又得一见，孤旅之幸。

乍冷，万万自摄。

第十六册，5619 页

与钱穆父二十八首（南省）

之　二

某启。前日辱书，及次公到，颇闻动止之详，慰浣无量。微疾想由不忌口所致，果尔，幸深戒之。某亦病寒嗽，逾月不除，衰老有疾难愈，岂复如昔时耶？承和揉菊词，次公处幸见之。未由会合，千万顺候自重。匆匆，奉启。

第十六册，5630 页

之　六

某启。两日台候何如？知药力已行，必遂轻安。饮食不减否？何日可出，告令郎写一二字示下。不宣。

第十六册，5634 页

之二十二

某启。前日辱简，以妻孥皆病不即答，悚息！悚息！阴雨，起居何似？寄颖叔诗，和得，纳去。与公咫尺胡越，何论颖叔也。可叹！可叹！某一章未允，方再上也。不一一。

第十六册，5655 页

之二十五

某启。伏暑，伏想起居康胜。老妇病稍加，某亦自伤暑，殊无聊，遂且谒告免词事也。一诗谩呈。电扫庭讼，响答诗筒，亦数年来故事也。呵呵。草，不谨。

第十六册，5658 页

与郭工父七首（以下俱杭倅）

之 二

久别，忽得瞻奉，喜慰可量。既以不出，又数日卧病，遂阻言笑，愧悚不可言。稍凉起居佳否？某下痢虽止，尚羸苶也。谨奉启布谢。

第十六册，5663 页

之 三

某启。扬州有侍其太保者，官于瘴地十余年，北归面色红润，无一点瘴气。只是用摩脚心法耳。此法，定国自己行之，更加功不废。每日饮少酒，调节饮食，常令胃气壮健。安道软朱砂膏，某在湖州服数两，甚觉有益。到彼可久服。子由昨来陈相别，面色殊清润，目光炯然，夜中行气脐腹间，隆隆如雷声。其所行持亦吾辈所常论者，但此君有志节能力行耳。粉白黛绿者，俱是火宅中狐狸、射干之流，愿深以道眼看破。此外又有一事，须少俭啬，勿轻用钱物。一是远地，恐万一阙乏不继。二是灾难中节用贬恶，亦消厄致福之一端。所怀千万，书不能尽一二也。

第十七册，5676 页

之 四

某启。宾州必薄有瘴气，非有道者处之，安能心体泰健以俟否亨耶？定国必不以流落为戚戚，仆不复忧此。但恐风情不节，或能使腠理虚怯以感外邪。此语甚蠢而情到，愿君深思先构付属之重，痛自爱身啬气。旧既勤于道引服食，今宜倍加功，不知有的便可留桂府否？

第十七册，5678 页

之 八

某再拜。递中领手教，知已到官无恙，自处泰然，顿解忧愁。又知摄二千石，风采震于殊俗，一段奇事也。某羁寓粗浅遣，但八月中丧一老乳母。子由到筠，亦抛却一女子，年十二矣，悼念未衰，复闻堂兄中舍卒于成都，异乡罹此，触物凄感，奈何！奈何！

近颇知养生，亦自觉薄有所得，见者皆言道貌与往日殊别，更相阔数年，索我阆风之上矣。兼画得寒林墨竹，已入神品，行草尤工，只是诗笔殊退也。不知何故？张公比得书无恙，但以厚之去妇，家事无人干，颇牢落。子由在筠，甚苦局事烦碎，深羡老兄之安逸也。非久冬至，已借得天庆观道堂三间，燕坐其中，谢客四十九日。虽不能如张公之不语，然亦常阖户反视，想当有深益也。

定国所寄临江军书，久已收得。二书反覆议论及处忧患者甚详，既以解忧，又以洗我昏蒙，所得不少也。然所谓“非苟知之亦允蹈之”者，愿公尝诵此语也。杜子美在困穷之中，一饮一食，未尝忘君，诗人以来，一人而已。今见定国，每有书皆有感恩念咎之语，甚得诗人之本意。仆虽不肖，亦尝庶几仿佛于此也。

文字与诗，皆不复作。近为葬老乳母，作一志文，公又求某书，辄书此奉寄。今日马铺李孝基送君谟石刻一卷来，其后有定国题字，又动我相思之怀，作恶久之。数日前，发勾沈达过此，亦云与定国熟，船中会话半夜，强半是说定国。

近有人惠丹砂少许，光彩甚奇，固不敢服，然其人教以养火，观其变化，聊以怡神遣日。宾去桂不甚远，朱砂若易致，或为致数两，因寄示，稍难即罢，非急用也。穷荒之中，恐亦有一二奇士，当以冷眼阴求之。大抵道士非金丹不能解化，而丹材多出南荒，故葛稚川乞岣嵝令，竟化于广州，不可不留意也。陈璞一月前直往筠州看子由，亦粗传要妙，云非久当此来。此人不唯有道术，其与人有情义，久要不忘如此，亦自可重。道术多方，难得其要，然以某观之，唯能静心闭目，以渐习之，但以闭得百十息，为益甚大，寻常静夜，以脉候得百二三十至，乃是百二三十息尔。数为之，似觉有功，幸信此捂，使真气云行体中，瘴冷安能近人也。

知有煞卖鹅鸭甚便，此间无有，但买斫脔鱼及猪羊獐雁，亦足矣。廪入虽不继，痛自节俭，每日限用百五十，自月朔日取钱四千五百足，系作三十块，挂屋梁上，平明以画杈子挑取一块，即藏去杈子，以大竹筒别贮用不尽者，可谓至俭。然犹每日一肉，盖此间物贱故也。囊中所有，可支一年以上，至时别作相度，日下未须虑也。儿子正如所料，不肯出官，非复小补也。

信笔乱书，无复伦次，不觉累幅。书到此，恰二鼓，室前霜月满空，想识我此怀也。言不可尽，惟万万保啬而已。

第十七册，5684 页

之十二

某递中领书及新诗，感慰无穷。得知君无恙，久居蛮夷中，不郁郁足矣。其他不足云也。马处厚行，曾奉书，必便达。不知今者为在何许，且盘桓桂州耶，为遂还任耶？重九登栖霞楼，望君凄然，歌《千秋岁》，满坐识与不识，皆怀君。遂作一词云："霜降水痕收。浅碧鳞鳞欲见洲。酒力渐消风力软，飕飕。破帽多情却恋头。佳节若为酬。但把清樽断送秋。万事回头都是梦，休休。明日黄花蝶也愁。"其卒章，则徐州逍遥堂中夜与君和诗也。来诗要我画竹，此竟安用，勉为君作一纸奉寄。子由甚安。吾侪何尝不禅，而今乃始疑子由之禅为鬼为佛，何耶？丹砂若果可致，为便寄示。吾药奇甚，聊以为闲中诡异之观，决不敢服也。张公久不得书，彼必得安问。乍冷，万万以时自重。夜坐，醉中作此书，仍以君遣我墨书也。不宣。

第十七册，5694 页

之三十二（以下离颍州）

某启。高休至，辱书，忧爱矣。比日起居何如？书意欲一相见，固鄙怀至愿，但不如彼此省事之为愈也。御瘴之术惟绝欲练气一事。本自衰晚当然，初不为御瘴而作也。某其余坦然无疑，鸡猪鱼蒜，遇着便吃，生病老死，符到便奉行，此法差似简要也。君实尝云："王定国瘴烟窟里三年，面如红玉。"不知道，能如此乎？老人知道，则不如公，顽愚即过之。朝夕离南都，别上状。愈远加爱。不宣。

第十七册，5725 页

之三十八

某启。甘草，已如所谕削去矣。参四板，聊致远诚，并一诗为笑。雪浪斋亦求一篇，为塞上华宠。厚之本欲作书，适有少冗，又笔冻甚，俟稍和暇也。幸致意。

第十七册，5734页

之四十一

某一味绝学无忧，归根守一，乃无一可守。此外皆是幻。此道勿谓渺漫，信能如此，日有所得，更做没用处，亦须作地行仙，但屈滞从狗窦中过尔。勿说与人，但欲老弟知其略尔。问所欲干，实无可上烦者。必欲寄信，只多寄好干枣、人参为望。如无的便，亦不须差人，岂可以口腹万里劳人哉。所云作书自辩者，亦未敢便尔。“不怨天，不尤人，下学而上达，知我者，其天乎？”张十七绝不闻消耗，怀仰乐全之旧德，故欲其一箴之否？

第十七册，5736页

答黄鲁直五首（以下俱徐州）

其四（以下俱惠州）

某启。方惠州遣人致所惠书，承中途相见，尊候甚安。即日想已达黔中，不审起居何似？云大率似长沙，审尔，亦不甚恶也。惠州久已安之矣。度黔，亦无不可处之道也。闻行囊中无一钱，途中颇有好事者，能相济否？某虽未至此，然亦凛凛然。水到渠成，不烦预虑。但数日来苦痔病，百药不瘳，遂断肉菜五味，日食淡面两碗，胡麻、茯苓麨数杯。其戒又严于鲁直。虽未能作文自誓，且日戒一日，庶几能终之。非特愈痔，所得多矣。子由得书，甚能有益于枯槁也。文潜在南极安，少游谪居甚自得，淳甫亦然，皆可喜。独元老淹忽，为之流涕。病剧久矣，想非由远谪也。幽绝，书问难继，惟倍万保重。不宣。

第十七册，5744页

答秦太虚七首（以下密州）

之四（黄州）

轼启。五月末，舍弟来，得手书劳问甚厚。日欲裁谢，因循至今。递中复辱教，感愧益甚。比日履兹初寒，起居何如？轼寓居粗遣。但舍弟初到筠州，即丧一女子，而轼亦丧一老乳母，悼念未衰，又得乡信，堂兄中舍九月中逝去。异乡衰病，触目凄感，念人命脆弱如此。

又承见喻，中间得疾不轻，且喜复健。吾侪渐衰，不可复作少年调度。当速用道书方士之言，厚自养炼，谪居无事，颇窥其一二。已借得本州天庆观道堂三间，冬至后当入此室，四十九日乃出。自非废放，安得就此。太虚他日一为仕宦所縻，欲求四十九日闲，岂可复得耶？当及今为之。但择平时所谓简要易行者，日夜为之，寝食之外，不治他事，但满此期，根本立矣。此后纵复出从人事，事已则心返，自不能废矣。此书到日，恐已不及，然亦不须用冬至也。

寄示诗文，皆超然胜绝，娓娓为来逼人矣。如我辈亦不劳逼也。太虚未免求禄仕，方应举求之，应举不可必，窃为君谋，宜多著书。如所示，论兵及盗贼等数篇，但似此得数十首，皆卓然有可用之实者，不须及时事也。但旋作此书，亦不可废应举。此书若成，聊复相示，当有知君者。想喻此意也。

公择近过此相聚数日，说太虚不离口，莘老未尝得书，知未暇通问。程公辟须其子履中哀词。轼本自求作，今岂可食言。但得罪以来，不复作文字，自持颇严，若复一作，则决坏藩墙，今后仍复衮衮多言矣。

初到黄，廪入既绝，人口不少，私甚忧之。但痛自节俭，日用不得过百五十，每月朔便取四千五百钱，断为三十块，持屋梁上，平旦用画叉挑取一块，即藏去叉；仍以大竹筒别贮用不尽者，以待宾客，此贾耘老法也。度囊中尚可支一岁有余，至时别作经画，水到渠成，不须预虑。以此胸中都无一事。所居对岸武昌，山水佳绝。

有蜀人王生在邑中，往往为风涛所隔，不能即归，则王生能为杀鸡炊黍，至数日不厌。又有潘生者，作酒店樊口。棹小舟径至店下。村酒亦自醇酽，柑橘椑柿极多。大芋长尺余，不减蜀中。外县米斗二十，有水路可致。羊肉如北方，猪牛獐鹿如土，鱼蟹不论钱。岐亭监酒胡定之，载书万卷随行，喜借人看。黄州曹官数人，皆家善庖馔，喜作会，太虚视此数事，吾事岂不既济矣乎。

欲与太虚言者无穷，但纸尽耳。展读至此，想见掀髯一笑也。子骏固吾所畏，其子亦可喜，曾与相见否？此中有黄冈少府张舜臣者，其兄尧臣，皆云与太虚相熟。儿子每蒙批问，适会葬老乳母，今勾当作坟，未暇拜书。岁晚苦寒，惟万万自重。李端叔一书，托为达之。夜中微被酒，书不成字，不罪不罪！不宣，轼再拜！

第十七册，5753页

答张文潜四首（以下俱惠州）

某启。久不奉书，忽辱专人手教，伏读感叹。且审为郡多暇，起居佳胜，至慰！至慰！疾久已扫除，但凡害生者无复有，则真气日滋骨髓，余益形神，卓然复壮，无三年之功也。某清净独居，一年有半尔。已有所觉，此理易晓无疑也。然绝欲，天下之难事也，殆似断肉。今使人一生食菜，必不肯。且断肉百日，似易听也，百日之后，复展百日，以及期年，几忘肉矣。但且立期展限，决有成也。已验之方思以奉传，想识此意也。蒙远致儿子书信，感激不可言。子由在筠，甚自适，养气存神，几于有成，吾侪殆不如也。闻淳父、鲁直远贬，为之凄然。此等必皆有以处之也。某见寓监司行馆，下临二江，有楼，刘梦得《楚望赋》句句是也。瘴疠虽薄有，然不恶，与小儿不曾病也。过甚有干蛊之才，举业亦少进。侍其父亦然。恐欲知之，解忧尔。会合未期，临书怅惘。惟万为道自重。不宣。

第十七册，5766页

答李端叔十首（翰林）

之　六

子由近得书，度已至岳矣。养炼极有功，可喜！可喜！三儿子在此，甚安健，不敢令拜状。黄鲁直、张文潜、晁无咎各得信否？文潜旧疾，必已全愈乎？

第十七册，5781页

之　八

某启。承谕，长安君偶患臂痛不能举，某于钱昌武朝议处传得一方，云其初本施渥寺丞者，因寓居京师甜水巷，见乞儿，两足拳弯，捺履行。渥常以饮食钱物遗之，凡期年不衰。寻赴任，数年而还。复就曩居，则乞儿已不见矣。一日见于相国寺前，行走如风，惊问之，则曰："遇人传两药方，服一料而能行。"因以其方授渥，以传昌武。昌武本患两臂重痛，举不能过耳。服之立效。其后传数人，皆神妙。但手足上疾皆可服，不拘男子妇人。秘之。秘之。其方元只是《王氏博济方》中方，但人不知尔。《博济方》误以"虎胫"为"虎脑"。便请长安君合服，必验。

第十七册，5784页

与钱济明十六首（以下俱赴定州）

之　二

寄惠洞庭珍苞，穷塞所不识，分饷将吏，并戴佳贶也。无以为报，亲书《松醪》一赋为信，想发一笑也。近得单季隐书云：公有一痫药方，极神奇。某长孙有此疾，多年不痊，可见传否？如许，望递中示及。

第十七册，5809页

之六（以下俱北归）

某启。去年海南得所寄异士太清中丹一丸，即时服之，下丹田休休焉。数日后，又得追赍来手书。今又领教诲及近诗数纸，高妙绝俗，想见谪居以来，探道著书，云升川增，可慕可畏，可叹可贺也。及录示训词，诲以所不及，此曾子所谓爱人以德者，敬遵用不敢忘。幸甚！幸甚！

第十七册，5816页

之　八

某启。人来，领手教及二诗，乃信北归灾退，并获此佳宠，幸甚！幸甚！又知诗人穷而后工，然诗语朗练，无衰气，如季札者听，亦有以知君之晚节也。比日起居佳胜。某此去不住滞，然风水难必期，公闲居难以远涉，须某到真遣人奉约，与德孺同来金山乃幸也。所怀未易尽言，并俟面陈。惟万万自重。

第十七册，5819页

之十六

某一夜发热不可言，齿间出血如蚯蚓者无数，迨晓乃止，惫甚。细察疾状，专是热毒，根源不浅，当专用清凉药。已令用人参、麦门冬、茯苓三味煮浓汁，渴即少啜之，余药皆罢也。庄生闻在宥天下，未闻治天下也，三物可谓在宥矣，如此而不愈则天也，非吾过矣。杨评事与一来亦佳，到此，诸亲知所饷无一留者，独拜蒸作之饷，切望只此而已。

第十七册，5832页

与张嘉父七首

之　三

某启。君为狱吏，人命至重。愿深加意。大寒大暑，囚人求死不获；及病者多，为吏卒所不视，有非病而致死者。仆为郡守，未尝不躬亲按视。若能留意于此，远到之福也。

第十七册，5864页

与陈季常十六首（以下俱黄州）

之　五

王家人力来，及专人，并获二缄。及承雄篇赞咏，异梦证成仙果，甚喜幸也。某虽窃食灵芝，而君为国铸造，药力纵在君前，阴功必在君后也。呵呵。但累书听流言以诬平人，不得无所损也。悬弧之日，请一书示谕，当作贺诗，切祝！切祝！比日起居佳否？何日决可一游郡城？企望日深矣。临皋虽有一室，可憩从者，但西日可畏。承天极相近，或门前一大舸亦可居，到后相度。未间，万万以时自重。

第十七册，5874页

之 十

叠辱来贶，且喜尊体已全康复。然不受尽言，遂欲闻公，何也？公养生之效，岁有成绩，今又示病弥月，虽使皋陶听之，未易平反。公之养生，正如小子之圆觉，可谓“害脚法师鹦鹉禅，五通气球黄门妾”也。至祷。

第十七册，5881页

之十五

某局事虽清简，而京辇之下，岂有闲人，不觉劫劫过日，劳而无补，颜发苍然，见必笑也。子由同省，日夕相对，此为厚幸。公小疾虽平，不可忽。“善言不离口，善药不离手。”此乃古人之要言，可书之座右也。药物有彼中难得须此干置者，千万不外。如闻公有意入京，不知几时可来，如得一会，何幸如之。柳一已在此，一访，值出，未见也。僦居在蒲池寺，去此稍远。数日颇有新事。左揆已出陈州，君实代之，蹇老知和州，授之庐签，余不能尽报去。刘莘老中丞旦夕授也，黄安中龙直知越州。静庵不管闲事，最妙！最妙！

第十七册，5886页

之十六

轼启。惠兵还，辱得季常手书累幅，审知近日尊候安胜。择、括等三凤毛皆安，为学日益，喜慰无量。轼罪大责薄，圣恩不赀，知幸念咎之外，了无丝发挂心，置之不足复道也。自当涂闻命，便遣骨肉还阳羡，独与幼子过及老云并二老婢共吾过岭。到惠将半年，风土食物不恶，吏民相待甚厚。孔子云：“虽蛮貊之邦行矣。”岂欺我哉！自数年来，颇知内外丹要处。冒昧厚禄，负荷重寄，决无成理。自失官后，便觉三山跬步，云汉咫尺，此未易遽言也。所以云云者，欲季常安心家居，勿轻出入，老劣不烦过虑，决须幅巾草履相从于林下也。亦莫遣人来，彼此须髯如戟，莫作儿女态也。在定日作《松醪赋》一首，今写寄择等，庶以发后生妙思，着鞭一跃，当撞破烟楼也。长子迈作吏，颇有父风。二子作诗骚殊胜，咄咄皆有跨灶之兴，想季常读此，捧腹绝倒也。今日游白水佛迹山，山上布水三十仞，雷辊电散，未易名状，大略如项羽破章邯时也。自山中归来，灯下裁答，信笔而书，纸尽乃已。托郡中作皮筒送去。想黄人见轼书，必不沉坠也。子由在筠，极安。处此者，与轼无异也。书云，老躯极健，度去死远在。读之三复，喜可知也。吾侪但断却少年时无状一事，诚是。然他未及。子由近见人说，颜状如四十岁人，信此事不辜负人也。不宣。轼再拜。

第十七册,5889 页

答庞安常三首（以下俱登州还朝）

之　一

久不为问。思企日深。过辱存记。枉书具闻。起居佳胜。感慰兼集。惠示伤寒论。真得古圣贤救人之意。岂独为传世不朽之资。盖已义贯幽明矣。谨当为作题首一篇寄去。方苦多事。故未能便付去人。然亦不久作也。老倦甚矣。秋初决当求去。未知何日会见。临书惘惘。惟万万以时自爱。

之　二

人生浮脆。何者为可恃。如君能着书传后有几。念此便当为数百字。仍欲送杭州开板也。知之。

之三

端居静念，思五脏皆止一，而肾独有二，盖万物之所终始，生之所出，死之所入也。故《太玄》："罔、直、蒙、酋、冥。"罔为冬，直为春，蒙为夏，酋为秋，冥复为冬，则此理也。人之四肢九窍，凡两者，皆水属也。两肾、两足、两外肾、两手、两目、两鼻，皆水之升降出入也。手、足、外肾，旧说固与肾相表里，而鼻与目，皆古未之言也，岂亦有之，而仆观书少不见耶？以理推之，此两者其液皆咸，非水而何。仆以为不得此理，则内丹不成，此又未易以笔墨究也。古人作明目方，皆先养肾水，而以心火暖之，以脾固之。脾气盛则水不下泄，心气下则水上行，水不下泄而上行，目安得不明哉。孙思邈用磁石为主，而以朱砂、神曲佐之，岂此理也夫。安常博极群书，而善穷物理，当为仆思之。是否？一报。某书。

第十七册，5942 页

与程正辅七十一首（以下俱惠州）

之十三

某睹近事，已绝北归之望。然心中甚安之。未说妙理达观，但譬如元是惠州秀才，累举不第，有何不可！知之免忧。诗屡和，韵崄又已更老手五赓，殆难措辞也，亦苦痔无情思耳。惠黄雀，感愧！感愧！子由一书，告早入皮筒，幸甚！幸甚！

第十七册，5965 页

之二十二

某启。承服温胃药，旧疾失去，伏惟庆慰。反复寻究，此至言也。拙恙亦当服温平行气药尔。德孺书信已领，尚未闻所授，岂到阙当留乎？兄亦归觐耳，何用更求外补。惠及佳面，感怍。适有河源干菌少许，并香篆一枚，颇大，谩纳去，作笑。有肉苁蓉，因便寄示少许，无即已也。侯晋叔实佳士，颇有文采气节。恐兄不久归阙，此人疑不当遗也，故略为记之。不罪！不罪！

第十七册，5977 页

之二十八

某前日留博罗一日，再见邓道士，所闻别无异者，方欲邀来郡中款问也。续寄丹砂已领，感愧之极。某于大丹未明了，直欲以此砂试煮炼，万一伏火，亦恐成药尔。成否当续布闻。比日得七哥书，递中已附谢也。六郎、十郎各计安，未及别书。所要书字墨竹，固不惜，徐寄去也。《外曾祖遗事》录呈。不一一。

第十七册，5984页

之五十三

轼旧苦痔疾，盖二十一年矣。近日忽大作，百药不效，虽知不能为甚害，然痛楚无聊两月余，颇亦难当。出于无计，遂欲休粮以清净胜之，则又未能遽尔。但择其近似者，断酒断肉，断盐酢酱菜，凡有味物，皆断，又断粳米饭，惟食淡面一味。其间更食胡麻、伏苓少许取饱。胡麻，黑脂麻是也。去皮，九蒸曝白。伏苓去皮，捣罗入少白蜜，杂胡麻食之，甚美。如此服食已多日，气力不衰，而痔渐退。久不退转，辅以少气术，其效殆未易量也。此事极难忍，方勉力必行之。惟患无好白伏苓，不用赤者，告兄为于韶、英、南雄寻买得十来斤，乃足用，不足且旋致之，亦可。已一面于广州买去。此药时有伪者。柳子云尽老芋是也。若有松根贯之，却是伏神，亦与伏苓同，可用，惟乞辨其伪者。频有干烦，实为老病切要用者，敢望留念。幸甚！幸甚！

蜜，此中无有，亦多伪。如有真者，更求少许。既绝肉五味，只啖此及淡面，更不消别药，百病自去。此长年之真诀，但易知而难行尔。弟发得志愿甚坚，恐是因灾致福也。

第十七册，6026页

之五十四

某再启。某再启。承谕，感念至泣下，老弟亦免如此蕴结之怀，非一见，终不能解也。见劝作诗，本亦无固必，自懒作尔。如此候虫时鸣，自鸣而已，何所损益，不必作，不必不作也。吾兄作一两篇见寄，当次韵尔。兼寄佳酿川芎，大济所用，物意两重，增感激也。问所干，亦别无事，恐三四月间，告求一两般家人至筠及常州。至时，当拜书干扣也。

第十七册，6031页

之五十五

某近颇好丹药，不惟有意于却老，亦欲玩物之变，以自娱也。闻曲江诸场，亦有老翁须生银是也。甚贵，难得，兄试为体问，如可求，买得五六两，为佳。若费力难求即已，非急用也。不罪！不罪！

第十七册，6032页

之五十八

某辄附上绫、刻丝各一疋，用与表嫂斋僧，表区区微意。不罪！不罪！淡面经月，疾不减，却稍肉食，近却颇安。天凉灾退，自然安适，茯苓亦不服食也。承寄遗并蜜已领，极佳。近严推官者，托口陈二事，曾道便人寄书画扇子去，必达。八十哥化去，感念畴昔，为之出涕。史嗣立宅表娣一十一县君亦有事。羁寓岭海，那堪时时闻此。知兄已出巡，千万勿惮远，一来游罗浮。弟候闻来耗，便去山下奉候。表侄必未到，且请决意一来。恐明年兄必北归，无由来也。

第十七册，6037页

之七十一

广州多松脂，闳甫尝买，用桑皮灰炼得甚精，因话告求数斤。仍告正辅与买生者十斤，因便寄示。舶上硫黄如不难得，亦告为买通明者数斤，欲以合药散。铁炉擞，可作时罗夹子者，亦告为致一副中样者。三物，皆此中无有。不罪。

第十七册，6054页

与程全父十二首（以下俱惠州）

之十二

某启。久不得毗陵信，如闻浙中去岁不甚熟，曾得家信否？彼土出药否？有易致者，不拘名物，为寄少许。此间举无有，得者即为希奇也。间或有粗药，以授病者，入口如神，盖未尝识耳。

第十七册，6067页

与程秀才三首（以下俱儋耳）

某启。某启。去岁僧舍屡会，当时不知为乐，今者海外岂复梦见。聚散忧乐，如反覆手，幸而此身尚健。得来讯，喜侍下清安，知有爱子之戚。襁褓泡幻，不须深留恋也。仆离惠州后，大儿房下亦失一男孙，亦悲怆久之，今则已矣。此间食无肉，病无药，居无室，出无友，冬无炭，夏无寒泉，然亦未易悉数，大率皆无耳。惟有一幸，无甚瘴也。近与小儿子结茅数椽居之，仅庇风雨，然劳费已不赀矣。赖十数学生助工作，躬泥水之役，愧之不可言也。尚有此身，付与造物，听其运转，流行坎止，无不可者。故人知之，免忧。乍热，万万自爱。不宣。

第十七册,6066 页

之　三

儿子到此，抄得《唐书》一部，又借得《前汉》欲抄。若了此二书，便是穷儿暴富也。呵呵。老拙亦欲为此，而目昏心疲，不能自苦，故乐以此告壮者尔。纸、茗佳惠，感怍！感怍！丈丈惠药、米、酱、姜、糖等皆已拜赐矣。江君先辈辱书，深欲裁谢，连写数书，倦甚，且为多谢不敏也。

第十七册,6071 页

与冯祖仁十一首（以下俱北归）

之　六

某启。前日辱下顾，尚未果走谢，悚息不已。捧手教，承起居佳胜。卑体尚未甚清快，坐阻谈对，为怅惘也。惠示妙剂，获之，喜甚。从此衰疾有瘳矣。人还，不宣。

第十七册,6092 页

之　七

某启。辱手教，具审尊体佳胜，甚慰驰仰。拙疾亦渐平矣。来日当出诣。番烧羊蒙珍惠，下逮童稚矣。谨奉启谢，不宣。

第十七册，6093页

与章质夫三首（以下俱黄州）

之一

某启。承喻慎静以处忧患。非心爱我之深，何以及此，谨置之座右也。《柳花》词妙绝，使来者何以措词。本不敢继作，又思公正柳花飞时出巡按，坐想四子，闭门愁断，故写其意，次韵一首寄去，亦告不以示人也。《七夕》词亦录呈。药方付徐令去，惟细辨。覆盆子若不真，即无效。前者路傍摘者，此土人谓之插秧莓，三四月花，五六月熟，其子酸甜可食，当阴乾其子用之。今市人卖者，乃是花鸦莓，九月熟，与《本草》所说不同，不可妄用。想篱子已寄君猷矣。

第十七册，6097页

之三

某启。近承手书，以侍者化去，曲垂开喻，感佩深矣。比来皆已忘去。凡百粗遣。但方营新居，费用百端，独力干办，尤为疲勚，冬末乃毕工。尔时遂杜门默坐，虽邻不觌。荷公忧爱之深，恐欲知其略也。万一有南来便人，为致人参、干枣数斤，朝夕所须也。不罪！不罪！

第十七册，6099页

与章致平二首（以下俱北归）

之一

某顿首致平学士：某自仪真得暑毒，困卧如昏醉中。到京口，自太守以下，皆不能见，茫然不知致平在此。得书，乃渐醒悟。伏读来教，感叹不已。某与丞相定交四十余年，虽中间出处稍异，交情固无增损也。闻其高年，寄迹海隅，此怀可知。但以往者更说何益，惟论其未然者而已。主上至仁至信，草木豚鱼所知也。建中靖国之意，可恃以安。又海康风土不甚恶，寒热皆适中，舶到时，四方物多有，若昆仲先于闽客，广舟准备，备家常要用药百千去，自治之余，亦可以及邻里乡党。又丞相知养内外丹久矣，所以未成者，正坐大用故也。今兹闲放，正宜成此，然只可自内养丹，切不可外服物也。某在海外，曾作《续养生论》一首，甚欲写寄，病困未能，到毗陵，定叠检获，当录呈也。所云穆卜，反复究绎，必是误听，纷纷见及已多矣，得安此行，为幸！为幸！更徐听其审。又见今病状，死生未可必，自半月来，日食米不半合，见食即先饱，今且归毗陵，聊自憩。此我里，庶几且少休，不即死。书至此，困惫放笔，太息而已。某顿首再拜致平学士阁下。六月十四日。

第十七册，6113页

之　二

《续养生论》乃有遇而作，论即是方，非如中散泛论也。白术一味（舒州买者，每两二百足，细碎而有两丝。舒人亦珍之。然其膏润肥厚，远不及宣、湖所出。每裹二斤，五六百足，极肥美，当用此耳。若世所谓茅术，不可用），细捣为末，余筋滓难捣者弃之。或留作香，其细末曝日中，时以井花水洒润之，则膏液自上，谨视其和合，即入木臼杵数千下，便丸，如梧桐子大（不入一物）。此必是仙方。日以井花水咽百丸，渐加至三百丸，益多尤佳。此非有仙骨者不传。《续养生论》尤为异书，然要以口授其详也。

第十七册，6115页

与杨元素十七首（以下俱黄州）

之　一

某启。忽闻舟驭至鄂，喜不自胜。想见笑语，发于寤寐。寻遣人驰书，未达间，令弟庆基来，闻已往安州，怅然失望，至今情况不佳。想公爱我之深，亦自悔之也。比日起居佳胜。与元法相聚之乐，独不得与樽俎之间，想孜孜见说而已。然领手教累幅，及见和新词，差以喜慰。乍寒冲涉，保练为祷。不宣。

第十七册，6127页

之 二

近两辱手教，以多病不即裁谢，愧悚殊深。比日仰惟履兹溽暑，台候清胜。某病后百事灰心，无复世乐，然内外廓然，皆获轻安。何时瞻奉，略道所以然者。未间，伏惟为时自重。

第十七册,6128 页

之 三

涉暑疲倦，书问稍缺，愧仰无量。比日起居胜常，近领手诲，承小疾尽去，体力加健，此大庆也。更望倍加保啬，侧听严召，以慰舆论。

第十七册,6129 页

之十七

某近数章请郡，未允。数日来，杜门待命，期于必得耳。公必闻其略，盖为台谏所不容也。昔之君子，惟荆是师。今之君子，惟温是随。所随不同，其为随一也。老弟与温相知至深，始终无间，然多不随耳。致此烦言，盖始于此。然进退得丧，齐之久矣，皆不足道。老兄相知之深，恐愿闻之，不须为人言也。令子必得信，计安。

第十七册,6142 页

与林子中五首（以下俱扬州）

某启。承别纸示喻，知大事虽已毕，而聚族至众，费用不赀。吾兄平时仅足衣食，况经此变故，窘迫可知，闻之但办得空忧，可量愧叹。昆仲才行，岂久困者。天下何尝有饥寒官人耶？惟宽怀顺变而已。故人勉强一慰，此乃世俗之常悲，何知之晚耶！所要元素方，本非亲授于元素。盖往岁得之于一道人，后以与单骧，骧以传与可。与可云试之有验，仍云元素，即此方也。某即不曾验，今纳元初传本去，恐未能有益，而先奉縻垂竭之囊也。又初传者，若非绝世隐沦之人为之，恐有灾患，不敢不纳去，又不敢不奉闻，慎之！慎之！某在京师，已断作诗，近日又却时复为之，盖无以遣怀耳。

固未尝留本，今蒙见索，容少暇也。

第十七册，6146页

与蔡景繁十四首（以下俱黄州）

之 六

凡百如常。至后杜门壁观，虽妻子无几见，况他人也。然云蓝小袖者，近辄生一子，想闻之，拊掌也。惠及人参，感感。海上奇观，恨不与公同游。东海县一帆可到，闻益奇伟，曩恨不一往也。公尝往否？大篇或可追赋，果寄示，幸甚！幸甚！

第十七册，6161页

之十三

近来颇佳健。一病半年，无所不有，今又一时失去，无分毫在者。足明忧喜浮幻，举非真实，因此颇知卫生之经，平日妄念杂好，扫地尽矣。公比来诸况何如？刬刷之来，不少劳乎？思渴之至，非笔墨所能尽也。

第十七册，6167页

与刘器之二首（黄州）

之 一

辱书，极论内外丹事，劣弟初不及此，受赐多矣。辄拜呈《方丈铭》一首，更告与敲琢。看唐彦道处，亦有一赞，并为看过。因家兄龟年行，奉启。半醉中，书字不谨。

第十七册，6171页

答毕中举二首（黄州）

奉别忽十余年，愚瞽顿仆，不复自比于朋友，不谓故人尚尔记录，远枉手教，存问甚厚，且审比来起居佳胜，感慰不可言。罗山素号善地，不应有瘴疠，岂岁时适尔。既无所失亡，而有得于齐宠辱、忘得丧者，是天相子也。仆以任意直前，不用长者所教以触罪罟。然祸福要不可推避，初不论巧拙也。黄州滨江带山，既适耳目之好，而生事百须，亦不难致，早寝晚起，又不知所谓祸福果安在哉？偶读《战国策》，见处士颜蠋之语“晚食以当肉”，欣然而笑。若蠋者，可谓巧于居贫者也。菜羹菽黍，差饥而食，其味与八珍等；而既饱之余，刍豢满前，惟恐其不持去也。美恶在我，何与于物。所云读佛书及合药救人二事，以为闲居之赐甚厚。佛书旧亦尝看，但暗塞不能通其妙，独时取其粗浅假说以自洗濯，若农夫之去草，旋去旋生，虽若无益，然终愈于不去也。若世之君子，所谓超然玄悟者，仆不识也。往时陈述古好论禅，自以为至矣，而鄙仆所言。仆尝语述古，公之所谈，譬之饮食龙肉也，而仆之所学，猪肉也，猪之与龙，则有间矣，然公终日说龙肉，不如仆之食猪肉实美而真饱也。不知君所得于佛书者果何耶？为出生死、超三乘，遂作佛乎？抑尚与仆辈俯仰也？学佛老者，本期于静而达。静似懒，达似放。学者或未至所期，而先得所似，不为无害。仆常以此自疑，故亦以为献。来书云处世得安稳无病，粗衣饱饭，不造冤业，乃为至足。三复斯言，感叹无穷。无缘面论，以当一笑而已。

第十七册，6183 页

与郑靖老四首（以下儋耳）

之 二

迈后来相见否？久不得其书，闻过房下卧病，正月尚未得耗，亦忧之。公为取一书，求琼州海舶或来人之便，封题与琼州倅黄宣义托转达，甚幸也。见说琼州不论时节有人船便也。《众妙堂记》一本，寄上。本不欲作，适有此梦，梦中语皆有妙理，皆实云尔，仆不更一字也。不欲隐没之，又皆养生事，无可酝酿者，故出之也。

第十七册，6192 页

与程怀立六首（黄州）

之　二

某启。昨日辱顾，夙昔之好，不替有加，感叹深矣。属饮药汗后，不可以风，未即诣谢。又枉使旌，重增悚惕。捧手教，且审尊体佳胜。旦夕造谒，以究所怀。

第十七册，6198 页

与孙志康二首（以下俱惠州）

某启。自春末闻讣，悲愕不已。自惟不肖，得交公父子间有年矣。即欲奉疏，少道哀诚，不独海上无便，又闻志康从西路迎护，莫知往还的耗，故因循至今。遂辱专使，手书累幅，愧荷深矣。窃承已毕大事，营办勤若，何以堪任。即日孝履支持，预慰所望。志文实录，读之感噎。自闻变故，即欲撰哀词，以表契义之万一，不知爵里之详。今复睹此文，旦夕当下笔。然不愿传出，虽志康亦不以相示。藏之家笥，须不肖启手足日乃出之也。自惟无状，百无所益于故旧，惟文字庶几不与草木同腐，故决意为之，然决不敢相示也。志康必识此意，千万勿来索看也。师是此文甚奇，斯人亦可人也哉。

轼谪居已逾年，诸况粗遣。祸福苦乐，念念迁逝，无足留胸中者。又自省罪戾久积，理应如此，实甘受之。今者北归无日，因遂自谓惠人，渐作久居计。正使终焉，亦何所不可。志康闻此言，可以不深念也。玳瑁药合见遗，乃吾介夫遗意。谨炷香拜受。志康所惠布蜜药果等，一一捧领，感怍无量。海上穷陋，又谪居贫病，乃无一物报谢，惭负无量。见戒勿轻与人诗文，谨佩至言。如见报出都日所闻，虚实不可不知，勿以告人也。舍弟筠州甚安，时得书。儿侄辈或在陈，或在许下，两儿子在宜兴，轼与幼子过在此。明年长子迈，当挈他一房来此指射差遣，因般过房下来。见爱之深，恐要知其详。示谕开岁来此相聚，虽为厚幸，然窜逐中，唯欲亲故谢绝为孤寂可怜者，则孤老犹可以粗安。若志康，人所指目者，而乃不远千里相求，此重增轼罪戾也，千万寝之，切告！切告！

李泰伯前辈不相交往，然敬爱其人，欲为作集引，然亦终不传出也。承谕世膺，可为聚其前后文集，异日示及，当与志康商议，少加删定，乃传世也。期人既无后，吾辈当与留意。李文叔书已领，诸儿子为学颇长，迨自宜兴寄诗文来，甚可观。此等辱雅游最旧，故辄以奉闻，然不敢令拜状，无益，徒烦报答也。会见无期，千万节哀自重。诸儿子为学颇长进，迨自吴兴寄诗来，文采甚可观。此等辱交游最旧，故辄以奉闻，然不敢令拜状，无益，徒烦报答也。某所答书，乞勿示人，切祝！切祝！

第十七册，6208页

与张元明四首（以下俱翰林）

之　一

数日，起居佳否？有一诠秘大师者，与之久故。患痢后，肠滑，甚困，欲烦一往视疗之，可否？在兴国寺戒坛院，此一高行僧也。便同作福田。呵呵。

第十七册，6211页

之　四

远辱专人惠书，辅以药物，极济所乏，衰疾有赖矣。感刻！感刻！不知何时远蜀中，自此音问遂隔，曷胜惘惘。

第十七册，6213页

与王敏中十八首（以下俱惠州）

之　五

浮玉闻遂化去，殊不知异事，可闻其略乎？其母今安在？谤者之言，何足信也。丹元事亦告尽录示，决不示人也。起居之语未晓，亦告指示。近颇觉养生事绝不用求新奇，惟老生常谈，便是妙诀，咽津纳息，真是丹头，仍须用寻常所闻般运泝流法，令积久透彻乃效也。孟子曰："事在易而求诸难，道在迩而求诸远。"董生云："尊其所闻则高明矣，行其所知则光大矣。”不刊之语也。

第十七册，6233 页

之 九

某再启。示喻津遣孤孀，救药病疠，政无急于此者矣。非敏仲莫能行之，幸甚！广州商旅所聚，疾疫作，客先僵仆，因薰染居者，事与杭相类。莫可擘划一病院，要须有岁入课利供之，乃长久之利，试留意。来喻以此等，各仕宦快意目前，美哉此言，谁肯然者。循州周守，治状过人，议论可听，想蒙顾盼也。

第十七册，6237 页

之十三

某再启。林医遂蒙补授，于旅泊处衰病，非小补也。又工小儿、产科。幼累将至，且留调理，渠欲往谢，未令去也，乞不罪。治瘴止用姜、葱、豉三物浓煮热呷，无不效者。而土人不知作豉。入此州无黑豆，闻五羊颇有之，便乞为致三石，得为作豉，散饮病者。不罪！不罪！

第十七册，6242 页

与陈公密三首（以下俱北归）

之 三

穷途栖屑，获见君子，开怀抵掌，为乐未央。公既王事靡宁，某亦归心所薄，匆遽就列，如何可言。别后亟辱惠书，词旨增重。且审起居佳胜，感慰深矣。某已度岭，已脱问鹏之忧，行有见蝎之喜。但远德谊，惘惘未忘于情。新春保练，以需驿召。

第十七册，6249 页

与陈大夫八首（以下俱黄州）

之 二

某启。辱简，伏承起居清胜。召往山间陪清游，夙昔所愿也。但晚来儿妇病颇加，须且留家中与斟酌药饵。小儿辈不历事，未可委付。不免有违尊命，当蒙仁者情恕也。匆匆布谢。不一一。

第十七册，6251页

与范梦得十首（以下俱杭倅）

之 六

今日谒告，不克往见。辱教，伏承尊体佳胜。杨君举家人服其药多效，亦觉其稳审。然近见王定国云，张安道书云，曾下疏药，数日不能食，又谢之，不满意，然不知果尔否？有闻，不敢不尽。

第十七册，6260页

与石幼安一首

某启。近日连得书札，具审起居佳胜。春夏服药，且喜平复。某近缘多病，遂获警戒持养之方，今极精健。而刚强无病者，或有不测之患。乃知羸疾，未必非长生之本也，惟在多方调适。病后须不少白乎？形体外物，何足计较，但勿令打坏《画苑记》尔。呵呵。因王承制行，奉启，不宣。

第十七册，6282页

与赵晦之四首（以下俱黄州）

之 三

示谕，处患难不戚戚，只是愚人无心肝尔，与鹿豕木石何异！所谓道者，何曾梦见。旧收得蜀人蒲永升山水四轴，亦近岁名笔，其人已亡矣，聊致斋阁，不罪浼渎。藤既美风土，又少诉讼，优游卒岁，又复何求。某谪居既久，安土忘怀，一如本是黄州人，元不出仕而已。王定国近得书，亦甚泰然，今有一书与之，告早为转达。张安道近得书，无恙。只是丧却儿妇，亦稍烦恼。公后来已有子未？因书略示及。

第十七册，6284页

与程懿书六首

人来，辱书，喜知起居佳胜，眷爱各万福。郡政清暇，稍有乐事，处以无心，强梗自服，甚善！甚善！所望于吾弟也。某凡百如昨，但碎累各病，医人不离门，劳费百端，日有外补之兴。行先尚未到，亦不闻远近之耗。未缘会合，新春保练，别膺殊渥。

第十七册，6308 页

与陈辅之一首（北归）

某启。昨日承访及，病倦，不及起见，愧仰深矣。热甚，起居何如？某万里海表不死，归宿田里，得疾遂有不起之忧，岂非命耶？若得少驻，复与故人一笑，此又出望外也。力疾，书此数字 。

第十七册，6325 页

与徐仲车三首（以下俱南迁）

某启。三辱手教，极荷忧念，孔子所谓："忠焉能勿诲乎？"当书诸绅，寝事不忘也。名方良药，亦已拜赐，幸甚！幸甚！来日，舟人借请或小留，但不敢往谒尔。占望怅惋。

第十七册，6330 页

与徐十二一首（黄州）

今日食荠极美。念君卧病，面、酒、醋皆不可近，唯有天然之珍，虽不甘于五味，而有味外之美。《本草》：荠和肝气，明目。凡人，夜则血归于肝，肝为宿血之脏，过三更不睡，则朝旦面色黄燥，意思荒浪，以血不得归故也。若肝气和，则血脉通流，津液畅润，疮疥于何有。君今患疮，故宜食荠。其法，取荠一二升许，净择，入淘了米三合，冷水三升，生姜不去皮，捶两指大，同入釜中，浇生油一蚬壳多于羹面上，不得触，触则生油气，不可食，不得入盐、醋。君若知此味，则陆海八珍，皆可鄙厌也。天生此物，以为幽人山居之禄，辄以奉传，不可忽也。朝奉公昨奉状，且为致意。区区遣此，不一一。羹以物覆则易熟，而羹极烂乃佳也。

第十七册，6343 页

答吴子野七首（以下俱黄州）

之 三

寄惠建茗数品，皆佳绝。彼土自难得茶，更蒙辍惠，惭悚！惭悚！沙鱼、赤鲤皆珍物，感怍不可言。扶劣膏不识其为何物，但珍藏之，莫测所用，因书幸详示谕也。近有李明者，画山水，新有名，颇用墨不俗，辄求得一横卷，颇长，可用大床上绕屏，附来人纳上。江郡乃无一物为回信，惭悚之至。儿子无恙，承问及。

第十七册，6348 页

与吴秀才三首（黄州）

之 二

轼启。远辱专人惠教，具审比来起居佳胜，感慰之至。与子野先生游，几二十年矣。始以李六丈待制师中之言，知其为人。李公人豪也，于世少所屈伏，独与子野书云："白云在天，引领何及。"而子野一见仆，便谕出世间法，以长生不死为余事，而以练气服药为土苴也。仆虽未能行，然喜诵其言，尝作《论养生》一篇，为子野出也。近者南迁，过真、扬间，见子野无一语及得丧休戚事，独谓仆曰："邯郸之梦，犹足以破妄而归真，子今目见而身履之，亦可以少悟矣。"夫南方虽号为瘴疠地，然死生有命，初不由南北也，且许过我而归。自到此，日夜望之。忽得来教，乃知子野尚在北，不远当来赴约也。长书称道过实，读之赧然，所论孟、杨、申、韩诸子，皆有理，词气翛然，又以喜子野之有佳子弟也。然昆仲以子野之故，虽未识面，悬相喜者，则附递一书足矣，何至使人茧足远来，又致酒、面、海物、荔子等，仆岂以口腹之故，千里劳人哉！感愧厚意，无以云喻。过广州，买得檀香数斤，定居之后，杜门烧香，闭目清坐，深念五十九年之非耳。今分一半，非以为往复之礼，但欲昆仲知仆汛扫身心，澡瀹神气，兀然灰槁之大略也。有书与子野，更督其南归，相过少留，为仆印可其已得，而诃策其所未至也。此外，万万自爱。

第十七册，6354页

答苏伯固四首（以下俱北归）

之二

人至，辱书，承别后起居佳胜，感慰深矣。念亲怀归之心，何时可以易此，顾未有以为计，当且少安之。神明知公心如此，当自有感应，非久，见师是，当谋之。某留虔州已四十日，虽得舟，犹在赣外，更五七日，乃乘小舫往即之。劳费百端，又到此。长少卧病，幸而皆愈，仆卒死者六人，可骇。住处非舒则常，老病唯退为上策。子由闻已归至颍昌矣。会合何日，万万保啬。

第十七册，6363页

与沈睿达二首（以下俱黄州）

某启。近辱书，伏承退居安隐，尊候康健，甚慰所望。某去岁不记日月，递中奉书，并封公择小简去，谓必达。今承示谕，岂浮沉耶？某今年一春卧病，近又得时疾，逾月方安。浮念灰灭无余，颓然闭户，又非复相见时意思矣。临纸惘惘，乍热，惟万万自重不宣。

第十七册，6373页

与翟东玉一首（惠州）

马，火也。故将火而梦马。火就燥，燥而不已则穷，故膏油所以为无穷也。药之膏油者，莫如地黄，以啖老马，皆复为驹。乐天《赠采地黄者》诗云：与君啖老马，可使照地光。今人不复能知此法。吾晚学道，血气衰耗，如老马矣。欲多食生地黄，而不可常致。

近见人言，循州兴宁令欧阳叔向于县圃中多种此药，意欲作书干求而未敢，君与叔向故人，可为致此意否？此药以二八月采者良，如许以此时寄惠为幸，欲烹以为煎也。不罪！不罪！

第十七册，6376页

与孙运勾一首

轼启。脾能母养余脏，故养生家谓之黄婆。司马子微著《天隐子》，独教人存黄气入泥丸，能致长生。太仓公言安谷过期，不安谷不及期。以此知脾胃完固，百疾不生。近见江南老人，年七十二，状貌气力如四五十人。问其所得，初无异术，但云平生习不饮汤水耳。常人日饮数升，吾日减一合，今但沾唇而已。脾胃恶湿，饮少，胃强气盛，液行自然，不湿。虽冒暑远行，亦不念水，此可谓至言不繁。闻曼叔比得肿疾，皆以利水药去之。中年以后，一利一衰，岂可数乎？当及今无病时，力养胃气。若土能制水，病何由生。陈彦升云，少时得此病，服商陆、防己之类，皆不效，服金液丹，灸脐下，乃愈。此亦固胃助阳之意也。但火力外物，不如江南老人之术耳。姜橘辣药，例能张肺，多为肿媒，不可服，有书以告之为佳也。

第十七册，6378页

与李端伯宝文三首

之二

张君房助教，陵井人。本治儒学，已而为医，有过人者。识病通变，而性极厚，恐欲知之。某宠禄过分，碌碌无补，久以为愧。近屡请郡，未获，若得归扫坟墓，遂得望见，岂胜厚幸。但恐政成，促召在旦暮尔。冗中，不尽区区。

第十七册，6394页

与欧阳知晦四首（以下俱惠州）

之　二

合药须鹅梨，岭外固无有，但得凡梨稍佳者，亦可用，此亦绝无。治下或有，为致数枚，无即已。栗子或蒙惠少许，亦幸。

第十七册,6397 页

之　三

闻公服何首乌，是否？此药温厚无毒，李习之传正尔，啖之。无炮制。今人用枣或黑豆之类蒸熟，皆损其力。仆亦服此，但采得阴干，便杵罗末，枣肉或炼蜜为丸，入木臼中，万杵乃丸，服，极有力，无毒，恐未得此法，故以奉白。

第十七册,6398 页

与李亮工六首（以下俱北归）

之　六

曾见伯固言，欲炼钟乳，果然否？告求少许，或只寄生者亦可。为两儿妇病，皆饵此得效也。陈公密来时，可附致否？

第十七册,6419 页

与罗秘校四首（惠州）

之　四

官事有暇，得为学不辍否？有可与往还者乎？此间百事不类海北，但杜门面壁而已。彼中如有粗药治病者，为致少许。此间如苍术、橘皮之类，皆不可得，但不嫌粗贱，为相度致数品。不罪！不罪！

第十七册,6437 页

与朱行中十首（以下俱北归）

之 四

某屏居岁久，未尝冠帻，比日又苦小疖，不能巾裹。欲服帽请见，先令咨禀，如许，乃敢前诣。幸不深责。

第十七册，6440页

与曹子方五首（以下俱惠州）

之 二

某启。专人至，教赐累幅，慰抚周尽。且审比来起居佳胜，感慰兼集。某得罪几二年矣，愚陋贪生，辄缘圣主宽贷之慈，灰心槁形，以尽天年，即日殊健也。公别后，微疾尽去，想今亦康佳。养生亦无他术，独寝无念，神气自复。知吕公读《华严经》有得，固所望于斯人也。居闲偶念一事，非吾子方莫可告者。故崇仪陈侯，忠勇绝世，死非其罪。庙食西路，威灵肃然，愿公与程之邵议之。或同一削，乞载祀典，使此侯英魄，少伸眉于地下。如何！如何！然慎勿令人知不肖有言也。陈侯有一子，在高邮，白身，颇知书。蒙惠奇茗、丹砂、乌药，敬饵之矣。西路洞下，足制交人，而近岁绥驭少方，殆不可用，愿为朝廷熟讲之。此外，万万保重。

第十七册，6446页

之 三

某启。公劝仆不作诗，又却索近作。闲中习气不除，时有一二，然未尝传出也。今录三首奉呈，览毕便毁之，切祝！切祝！惠州风土差善，山水秀邃，食物粗有，但少药尔。近报有永不叙复指挥，正坐稳处，亦且任运也。子由频得书，甚安。某惟少子随侍，余皆在宜兴，见今全是一行脚僧，但吃些酒肉尔。此书此诗，只可令之邵一阅，余人勿示也。

第十七册，6448页

与米元章二十八首（登州还朝）

之二十一

某启。两月来，疾有增无减。虽迁闸外，风气稍清，但虚乏不能食，口殆不能言也。儿子于何处得《宝月观赋》，琅然诵之，老夫卧听之未半，跃然而起。恨二十年相从，知元章不尽，若此赋，当过古人，不论今世也。天下岂常如我辈愦愦耶！公不久当自有大名，不劳我辈说也。愿欲与公谈，则实未能，想当更后数日耶？

第十七册，6464页

之二十三

某两日病不能动，口亦不欲言，但困卧耳。承示太宗草圣及谢帖，皆不敢于病中草草题跋，谨具驰纳，俟小愈也。河水污浊不流，薰蒸成病，今日当迁过通济停泊。虽不当远去左右，且就活水快风，一洗病滞，稍健当奉谈笑也。

第十七册，6465页

之二十四

某食则胀，不食则羸甚，昨夜通旦不交睫，端坐饱蚊子耳。不知今夕云何度？示及古文，幸甚。谢帖既未可轻跋，欲书数句，了无意思，正坐老谬耳。眠食皆未佳。无缘遂东，当续拜简。

第十七册，6466页

之二十六

某昨日饮冷过度，夜暴下，旦复疲甚。食黄蓍粥甚美。卧阅四印奇古，失病所在。明日会食，乞且罢。需稍健，或雨过翛然时也。印却纳上。

第十七册，6467页

与朱康叔二十首（以下俱黄州）

之十七

见元章书中言，当世之兄冯君处，有一学服朱砂法，甚奇。惟康叔可以得之，不知曾得未？若果得，不知能见传否？想于不肖不惜也。

第十八册,6487页

答汉卿一首

某启。辱教，承起居佳胜为慰。知不久入城，遂当一见，何幸如之。地黄煎已领，感怍。适自局中还，热甚，灒塞。奉书。地黄煎蒙寄惠，极佳。姜蜜之剂，甚适宜也。仰烦神用，愧感不可言。

第十八册,6500页

与赵仲修二首

疮病不往见，而仁人敦旧，屡承车马，感愧不可言。雨凉，窃惟起居佳胜。旦夕当获面谢。

第十八册,6509页

答吕元钧三首（以下俱翰林）

之　二

中间承进职，虽少慰人望，然公当在庙堂，此岂足贺也。此间语言纷纷，比来尤甚，士大夫相顾避罪而已，何暇及中外利害大计乎？示谕，但闵然而已。非久，季常人行，当尽区区。

第十八册,6515页

之　三

屡与令子语，钦爱才美，但尚屈太官，未厌公论耳。季常近得书，亦见黄州人言体气颇安壮，但口眼微动耳。来求药物，已寄去。余具令子口白。

第十八册,6516页

与鞠持正二首（以下俱扬州）

知腹疾微作，想即平愈。文登虽稍远，百事可乐。岛中出一药名白石芝者，香味初若嚼茶，久之甚美，闻甚益人，不可不白公知也。白石芝状如石耳，而有香味，惟此为辨，秘之！秘之！

第十八册，6531页

与钱志仲三首（以下俱北归）

之 一

两日不见，渴仰兼怀。窃惟起居佳胜。昨日水东寻幽访古，颇有所得，恐欲知之。药方已领，感感。

第十八册，6535页

之 三

某去此，不复滞留。至安居处，当缕细驰问，不敢外，辄用手启，恃深眷也。乌丝当用写道书一篇，非久纳上。恶诗不足录也。事简客稀，高堂清风，有足乐者。想时复见念耶？吉州幕柳致，与之久故，知其吏干过人，不能和众，多获嫌忌，然其实无他也。憔悴将老矣，念非大度盛德，孰能收而用之，试以众难，必有可观者。药有毒，乃能已疾，马不蹄齧，多拙于行，惟深念才难，勿责全也。若公遂成就之，此子极有可采，必为门下用。恃明照。僭言，死罪！死罪！

第十八册，6537页

与杨济甫十首（京师）

之 十

远蒙厚惠蜀纸药物等，一一如数领讫，感怍之至。人行速，无佳物充信，谩寄腰带一条。俗物增愧，不罪！不罪！

第十八册，6555页

与蒲廷渊一首（涂州）

河中永洛出枣，道家所贵，事见《真诰》。唐有道士侯道华，尝得无核者三，食之后，竟窃邓太主药上升。君到彼，试求之，但恐得之不偶然，非力求所能致耳。

第十八册，6581页

与巢元修一首

日日望归，今日得文甫书，乃云昨日始与君瑞成行。东坡荒废，春笋渐老，饼餤已入末限，闻此，当伺驾耶？老兄别后想健。某五七日来，苦壅嗽殊甚，饮食语言殆废，矧有乐事！今日渐佳。近日牢城失火，烧荡十九，雪堂亦危，潘家皆奔避，堂中飞焰已燎檐矣。幸而先生两瓢无恙，四柏亦吐芽矣。

第十八册,6583页

与王庠五首

之　一

轼启。二卒远来，承手书累幅，问劳教诲，忧爱备尽。仍审侍奉多暇，起居万福，感慰深矣。轼罪责至重，上不忍诛，止窜岭海，感恩念咎之外，不知其他。来书开说过当，非亲朋相爱保全之道，悚息！悚息！

寄示高文新诗，词气比旧益见奇伟，粲然如珠贝溢目。非独乡闾，世不乏人为喜，又幸珍材异产，近出姻戚，数日读不释手。每执以告人曰："此吾家王郎之文也。"老朽废学久矣，近日尤不近笔砚，见少时所作文，如隔世事、他人文也。足下犹欲使议论其间，是顾千里于伏枥也。轼少时本欲逃窜山林，父兄不许，迫以婚宦，故汩没至今。南迁以来，便自处置生事，萧然无一物，大略似行脚僧也。近日又苦痔疾，呻吟百日，缘此断荤血盐酪，日食淡面一斤而已。非独以愈疾，实务自枯槁，以求寂灭之乐耳。初欲独赴贬所，儿女辈涕泣求行，故与幼子过一人来，余分寓许下、浙中，散就衣食。既不在目前，便与之相忘，如本无有也。

足下过相爱，乃遣万里相问，无状自取，既为亲友忧及，又使此两人者蒙犯瘴雾，崎岖往来，吾罪大矣。寄遗药物并方，皆此中无有，芎尤奇味，得日食以御瘴也。轼为旧患痔，今颇发作，外无他故，不烦深念。会晤无期，惟万万以时保练。

第十八册，6585 页

之 二

轼启。前后所寄高文，无不达。日每见增叹，但恨老拙无以少答来贶。又流落海隅，不能少助声名于当时。然格力自天，要自有公论，虽欲不显扬，不可得也。程夫子尚困场屋，王贤良屈为州县，皆造物有不可晓者。

海隅风土不甚恶，亦有佳山水，而无佳寺院，无士人，无医药，杜门食淡，不饮酒，亦粗有味也。目昏倦，作书又此信发书极多，不能详尽，察之！察之！

第十八册，6587 页

与李廷评一首（离黄州）

某启。经由特辱枉访，适以卧病数日，及连日会集，殊无少暇。治行匆遽，不及一谢，明日解维，遂尔违阔，岂胜愧负。

第十八册，6605 页

与子安兄七首（黄州）

之 三

子由亦有司谏之命，想不久到京。

东茔茇松，甚烦照管。如更合茇，间告兄与杨五哥略往觑，当分明数点根槎，交付佃户，免致辄便偷斫也。不然，与出榜立赏，召人告偷斫者，亦佳。一切告留意相度。阿胶半斤，真阿井水煎者。青州贡枣五斤，充信而已。京师有干，乞示及。

第十八册，6617 页

之 七

每闻乡人言，四九、五九两侄，为学勤谨，事举业尤有功，审如此，吾兄不亡矣。惟深念负荷之重，益自修饬，乃是颜、闵之孝，贤于毁顿远矣。比闻五郎、六郎乍失母，毁痛难堪。亦以此戒之矣。

吾兄清贫，遭此，固不易处。某亦为一年两丧，困于医药殡敛，未有以相助，且只令杨济甫送二千为一奠，余俟少暇也。

第十八册，6621页

与子由第十首（以下俱黄州）

之一

或为予言，草木之长，常在昧明间。早起伺之，乃见其拔起数寸，竹笋尤甚。夏秋之交，稻方含秀，黄昏月出，露珠起于其根，累累然忽自腾上，若推之者，或缀于茎心，或缀于叶端。稻乃秀实，验之信然。此二事，与子由养生之说契，故以此为寄。

第十八册，6628页

之三

任性逍遥，随缘放旷，但尽凡心，无别胜解。以我观之，凡心尽处，胜解卓然。但此胜解，不属有无，不通言语，故祖师教人，到此便住。如眼翳尽，眼自有明，医只有除翳药，何曾有求明方？明若可求，即还是翳。固不可于翳中求明，即不可言翳外无明。而世之昧者，便将颓然无知，认作佛地。若如此是佛，猫儿狗子，得饱熟睡，腹摇鼻息，与土木同，当恁么时，可谓无一毫思念，岂可谓猫儿狗子已入佛地？故凡学者，但当观心除爱，自粗及细，念念不忘，会作一自得，无所除，弟以教我者是如此否？因见二偈警策，孔君不觉悚然，更以问之。书至此，墙外有悍妇与夫相殴，詈声飞灰火，如猪嘶狗嗥。因念他一点圆明，正在猪嘶狗嗥里面。譬如江河鉴物之性，长在飞沙走石之中，寻常静中思求，常患不见。今日闹里忽捉得些子，如何！如何！元丰六年三月二十五日夜，已封书讫，复以此寄子由。

第十八册，6630页

之八

子由弟：得黄师是遣人赍来二月二十二日书，喜知近日安讯。兄在真州，与一家亦健。行计南北，凡几变矣。遭值如此，可叹可笑。兄近已决计从弟之言，同居颍昌，行有日矣。适值程德孺过金山，往会之，并一二亲故皆在坐。颇闻北方事，有决不可往颍昌近地居者。事皆可信，人所报，大抵相忌安排攻击者众，北行渐近，决不静耳。今已决计居常州，借得一孙家宅，极佳。浙人相喜，决不失所也。更留真十数日，便渡江往常。逾年行役，且此休息。恨不得老境兄弟相聚，此天也，吾其如天何！然亦不知天果于兄弟不相聚乎？士君子作事，但只于省力处行，此行不遂相聚，非本意，甚省力避害也。候到定叠一两月，方遣迈去注官，迨去般家，过则不离左右也。葬地，弟请一面果决。八郎妇可用，吾无不可用也。更破千缗买地，何如？留作葬事，千万勿徇俗也。林子中病伤寒十余日，便卒，所获几何，遗臭无穷，哀哉！哀哉！兄万一有稍起之命，便具所苦疾状力辞之，与迨、过闭户治田养性而已。千万勿相念，保爱！保爱！今托师是致此书。

第十八册,6639 页

之　九

程德孺兄弟出银二百星相借，兄度手下尚未须如此，已辞之矣。德孺兄弟意极佳，感他！感他！数日热甚，舟中挥汗写此，不及作诸侄书，且伸意。夫人晚年，更且慎护，勿令少有疾，副子孙意。五郎妇，更与照管慰安之，便令五郎往般挈也。八郎续亲极好，但吾侪难自言，可托人与说。今师是已除太仆卿，恐遂北行，兄不能见。又恐其省母苏州，若见，当令人探其意也。少留真，欲葺房缗，令整齐也。五娘、七娘近皆得书，与孙皆安。胡郎亦有书来，甚安，行见之矣。文九作书写字精好，无劳问讯。伯翁可喜，符也卓卓，报二姊知。

第十八册,6641 页

与侄孙元老四首（以下俱儋耳）

之　一

侄孙元老秀才：久不闻问，不识本日体中佳否？蜀中骨肉，想不住得安讯。白叟住海外如昨，但近来多病瘦瘁，不复如往日，不知余年复得相见否？循、惠不得书久矣。旅况牢落，不言可知。又海南连岁不熟，饮食百物艰难，又泉、广海舶绝不至，药物、酱酢等皆无，厄穷至此，委命罢了。白叟与过子相对，如两苦行僧尔。然胸中亦超然自得，不改其度，知之免忧。

所要志文，但数年不死便作，不食言也。侄孙既是东坡骨肉，人所觑看。往京，凡百加周防，切祝！切祝！今有一书与许下诸子，又恐陈浩秀才不过许，只令送与侄孙，切速为求便寄达。余惟千万自重。

第十八册,6649页

之　四

赵先辈儋人，此中凡百可问而知也。乡里出百药煎，如收得，可寄一二斤，赵还时可附也，无即已。

第十八册,6653页

黄州与人五首

之　三

两日疮痛殊甚，不果见。辱简，且喜佳胜。二诗高妙，读之喜慰，幸甚。病中，裁谢草草。

之　四

两日疮痛不出，思渴！思渴！今犹楚痛未已。钟乳丸更求数服，吐血者复作也。不罪！不罪！

第十八册,6666页

与黄州故人一首（翰林）

某宠禄过分，忧责至重，颜衰鬓秃，不复江上形容也。屡乞郡未得，但怀想曩游，发于梦想也。洗眼、揩牙药，得之甚幸。切望挂意。覆盆子必已采得，望多寄也。都下有干，示及。十二、十三两先辈，各致区区。忙甚，未及书。艾清臣亦然。京师冗迫，殊不款曲也。

第十八册,6670 页

与人三首（以下俱扬州）

之　二

辱示长笺，词旨过重。适少冗迫，来使不敢久稽，未及占词为答，想知照未甚讶也。惶恐！惶恐！叠蒙惠长松以扶老病，感佩不可言。天觉临别时，亦许寄来，因到彼，可为督之。药名品，方状精详之极，非故人留意之深，何以及此。未有以答厚意，但积悲感。都下委，示及，余面究。

第十八册,6674 页

与荆山维琳二首（以下俱北归）

某卧病五十日，日以增剧，已颓然待尽矣。两日始微有生意，亦未可必也。适睡觉，忽见刺字，惊叹久之。暑毒如此，岂耆年者出山旅次时耶？不审比来眠食何如？某扶行不过数步，亦不能久坐，老师能相对卧谈少顷否？晚凉，更一访，惫甚，不谨。

第十八册,6775 页

与袁彦方一首

累日欲上谒，竟未暇。辱教，承足疾未平，不胜驰系。足疾惟葳灵仙、牛膝二味为末，密丸，空心服，必效之药也。但葳灵仙难得真者，俗医所用，多藁本之细者尔。其验以味极苦，而色紫黑，如胡黄连状，且脆而不韧，折之，有细尘起，向明示之，断处有黑白晕，俗谓之有鸲鹆眼。此数者备，然后为真，服之有奇验。肿痛拘挛皆可已，久乃有走及奔马之效。二物当等分，或视脏气虚实，酌饮牛膝，酒及熟水皆可下，独忌茶耳。犯之，不复有效。若常服此，即每岁收皂荚芽之极嫩者，如造草茶法，贮之，以代茗饮。此效，屡尝目击。知君疾苦，故详以奉白。元素书已作，稍暇，诣见。

轼白彦方足下。

第十八册，6677页

与富道人二首

之　二

承录示秘方及寄遗药，具感厚意。然此事本林下无以遣日，聊用适意可也。若恃以为生，则为造物者所恶矣。仆方苟禄出仕，岂暇为此。谨却驰纳，且寄之左右，异日归田却咨请。感愧之至，千万悉之，不一一。

第十八册，6681页

与胡道师四首

之一（黄州）

庞安常为医，不志于利，得善书古画，喜辄不自胜。九江胡道士颇得其术，与予用药，无以酬之，为作行草数纸而已，且告之曰："此安常故事，不可废也。"参寥子病，求医于胡，自度无钱，且不善书画，求予甚急。予戏之曰："子粲可皎彻之徒，何不下转语作两首诗乎？"庞二安常与吾辈游，不日索我于枯鱼之肆矣。

第十八册，6682页

与陆子厚一首（以下俱惠州）

轼启。别来岁月乃尔许也，涉世不已，再罹忧患，但知自哂尔。感君不遗，手书殷勤如此，且审道体安休，喜慰之极。

惠州凡百不恶，杜门养疴，所念君弃家求道二十余年，不见异人，当得异书。见许今春相访，果然能践言，何喜如之。旧过庐山，见蜀道士马希言，似有所知。今为何在，曾与之言否？黄君高人，与世相忘者，如轼与舍弟，何足以致。若得他一见，子由礲错其所未至，则轼可以并受赐矣。愿因足下致恳，当可得否？韩朴主事，多从傅同年游。近傅得广东漕幕，遂带得来此否？因见，亦道意。

罗浮有一邓道士名守安，专静有守，皆世外良友。世外之道，金丹为上，仪邻次之，服食草木又次之，胎息三住为本，殆无出此者。嵇中散曰："守之以一，养之以和，和理日济，同乎大顺，然后承以灵芝，润以醴泉，晞以朝阳，绥以五弦。"不用其他，举以中散为师矣。

适饮桂酒一杯，醺然径醉，作书奉答，真不勒字数矣。桂酒，乃仙方也。酿桂而成，盎然玉色，非人间物也。足下端为此酒一来，有何不可，但恐足下拘戒箓不饮。道家少饮和神，非破戒也。余惟善爱，不宣。

第十八册，6686 页

与何德顺二首

之　一

某白道师何君足下，辱书，并抱朴子小神丹方，极感真意。此不难修制，当即服饵，然此终是外物，惟更加功静观也。何苓之更长进。后会无期，惟万万自重。不宣。

第十八册，6694 页

与参寥子二十一首（涂州）

之十七

某启。专人远来，辱手书，并示近诗，如获一笑之乐，数日慰喜忘味也。某到贬所半年，凡百粗遣，更不能细说，大略只似灵隐天竺和尚退院后，却住一个小村院子，折足铛中，罨糙米饭便吃，便过一生也得。其余，瘴疠病人，北方何尝不病；是病皆死得人，何必瘴气。但苦无医药。京师国医手里死汉尤多。参寥闻此一笑，当不复忧我也。故人相知者，即以此语之，余人不足与道也。未会合间，千万为道自爱。

第十八册，6721 页

之二十一（北归）

某病甚，几不相见，两日乃微有生意。书中旨意一一领，但不能多书历答也。见知识中病甚垂死因致仕而得活者，俗情不免效之，果若有应，其他不恤也。遗表千万勿刻，无补有害也

第十八册，6727页

与南华辩老十三首（以下俱惠州）

之十三

专人远来，获手教累幅，具审法履佳胜，感慰兼集。又蒙远致筠州书信，流落羁寓，每烦净众，愧佩深矣。承惠及罂粟盐豉等，益荷厚意。泉铭模刻甚精。某此凡百如宜，不烦念及。未由瞻谒，怀想不已。热甚，惟万万为众自爱。

第十八册，6751页

与通长老九首（以下俱密州）

之　九

惠茶极为精品，感抃之至。长松近出五台。治风甚效。俗云文殊指示一僧，乃始识之。今纳少许，并人参四两，可以此二物相对入少甘草，不可多。并脑子作汤点，佳。送去御香五两，不讶浼渎。

第十八册，6759页

与圆通禅师四首（以下俱黄州）

之　一

某闻名已久，而得公之详，莫如鲁直，亦如所谕也。自惟潦倒迟暮，五十终不闻道，区区持其所有，欲以求合于世，且不可得，而况世外之人，想望而不之见耶？不谓远枉音问，推誉过当，岂非医门多病，息黥补劓，恃有良药乎？未脱罪籍，身非吾有，无缘顶谒山门，异日圣恩许归田，当毕此意也。

第十八册，6776页

与宝月大师五首（以下俱杭倅）

之　四

此间诸事，请问清师即详也。清久游外方，练事多能，可喜！可喜！海惠及隆大师，各惟安胜。每念乡舍，神爽飞去，然近来颇常斋居养气，日觉神凝身轻，他日天恩放停，幅巾杖屦，尚可放浪于岷峨间也。知吾兄亦清健，发不白，更请自爱，晚岁为道侣也。余附清师口陈，此不覼缕。

第十八册，6785 页

与南华明老三首（以下俱北归）

某启。衰病复过南华，深欲一别祖师，因见仁者。遽辱专使惠手书，何慰如之。即日履此薄寒，法体佳胜。旦夕离英，但江路方欲寸进，不即会见，企望之极。惟万万为众自重。不宣。

第十八册，6788 页

与东林广慧禅师二首（以下俱翰林）

示谕，臂痛，示与众生同病尔。然俗眼未免悬情，更望倍加保练。《王氏博济方》中有一虎骨散及威灵仙丸，此仙方也。仆屡用治臂病，其效如神，切望合吃。元用虎胫骨，误写作脑骨。千万相信，便合服必效。自余都下有干，望示及。惠及名茗，已捧领，感刻！感刻！东林寺碑，既获结缘三宝，业障稍除，可得托名大士，皆所深愿。但自别后，公私百冗，又无顷刻闲，不敢草草下笔。专在下怀，惟少宽限也。

第十八册，6791 页

问养生

余问养生于吴子，得二言焉。曰和。曰安。何谓和？曰：子不见天地之为寒暑乎？寒暑之极，至于折胶流金，而物不以为病，其变者微也。寒暑之变，昼与日俱逝，夜与月并驰，俯仰之间，屡变而人不知者，微之至，和之极也。使此二极者，相寻而狎至，则人之死久矣。何谓安？曰：吾尝自牢山浮海达于淮，遇大风焉，舟中之人，如附于桔槔，而与之上下，如蹈车轮而行，反逆眩乱不可止。而吾饮食起居如他日。吾非有异术也，惟莫与之争，而听其所为。故凡病我者，举非物也。食中有蛆，人之见者必呕也。其不见而食者，未尝呕也。请察其所从生。论八珍者必咽，言粪秽者必唾。二者未尝与我接也，唾与咽何从生哉。果生于物乎？果生于我乎？知其生于我也，则虽与之接而不变，安之至也。安则物之感我者轻，和则我之应物者顺。外轻内顺，而生理备矣。吴子，古之静者也。其观于物也，审矣。是以私识其言，而时省观焉。

第十八册,7129页

续养生论

郑子产曰："火烈，人望而畏之；水弱，人狎而玩之。"翼奉论六情十二律，其论水火也，曰："北方之情好也，好行贪狠。南方之情恶也，恶行廉贞。廉贞故为君子，贪狠故为小人。"予参二人之学，而为之说曰：火烈而水弱，烈生正，弱生邪，火为心，水为肾。故五脏之性，心正而肾邪，火为心，水为肾。故五脏之性，心正而肾邪。肾无不邪者，虽上智之肾亦邪。然上智常不淫者，心之官正而肾听命也。心无不正者，虽下愚之心亦正。然下愚常淫者，心不官而肾为政也。知此，则知铅汞龙虎之说矣。

何谓铅？凡气之谓铅，或趋或蹶，或呼或吸，或执或击。凡动者皆铅也。肺实出纳之。肺为金，为白虎，故曰铅，又曰虎。何谓汞？凡水之谓汞，唾涕、浓血、精汗、便利，凡湿者皆汞也。肝实宿藏之。肝为木，为青龙，故曰汞，汞也。肝实宿藏之。肝为木，为青龙，故曰汞，又曰龙。古之真人论内丹者曰："五行颠倒术，龙从火里出。五行不顺行，虎向水中生。"世未有知其说者也。方五行之顺行也，则龙出于水，虎出于火，皆死之道也。心不官而肾为政，声色外诱，邪淫内发，壬癸之英，下流为人，或为腐坏。是汞龙之出于水者也。喜怒哀乐皆出于心者也。喜则攫拿随之，怒则殴击随之，哀则擗踊随之，乐则抃舞随之。心动于内，而气应于外，是铅虎之出于火者也。汞龙之出于水，铅虎之出于火，有能出而复返者乎？故曰皆死之首也。

真人教之以逆行，曰："龙当使从火出，虎当使从水生也。"其说若何？孔子曰："思无邪。"凡有思皆邪也，而无思则土木也。孰能使有思而非邪也，而无思则土木也。孰能使有思而非邪，无思而非土木乎？盖必有无思之思焉。夫无思之思，正庄栗，如临君师，未尝一念放逸。然卒无所思。如龟毛兔角，非作故无本性，无故是之谓戒。戒生定，定则出入息自住，出入息住则心火不复炎上。火在易为自住，出入息住则心火不复炎上。火在易为离。离，而也。必有所丽，未尝独立，而水其妃也，既不炎上，则从其妃矣。水火合则壬癸之英，上流于脑，而益于玄膺，若鼻液而不咸，非肾出故也，此汞龙之自火出者也。长生之药，内丹之萌，无过此者矣。阴阳之始交，天一为水，凡人之始造形，皆水也，故五行一曰水。得暖气而后生，故二曰火。生而后有骨，故三曰木。骨生而日坚，凡物之坚壮者，皆金气也，故四曰金。骨坚而后肉生焉，土为肉，故五曰土。人之在母也，母呼亦呼，口鼻皆闭，而以脐达。故脐者，生之根也。汞龙之出于火，流于脑，溢于玄膺，必归于根心，火不炎上，必从其妃，是火常在根也。故壬癸之英，得火而日坚，达于四支，浃于肌肤而日壮，究其极，则金刚之体也。此铅虎之自水生者也。龙虎生而内丹成矣。故曰顺行则为人，逆行则为道，道则未也，亦可谓长生不死之术矣。

第十八册，7132 页

药　诵

嵇中散作幽愤诗，知不免矣，而卒章乃曰：采薇山阿，散发岩岫，永啸长吟，颐性养寿者，悼此志之不遂也。司马景王既杀中散而悔，使悔于未杀之前，中散得免于死者，吾知其扫迹灭景于人间，如脱兔之投林也。采薇散发，岂其所难哉？孙真人着大风恶疾论曰：神仙传数十人，皆因恶疾而得仙道。何者？割弃尘累，怀颍阳之风，所以因祸而取福也。吾始得罪迁岭表，不自意全，既逾年无后命，知不死矣。然旧苦痔，至是大作，呻呺几百日。地无医药，有亦不效。道士教吾去滋味，绝荤血，以清净胜之。痔有虫，舘于吾后，滋味荤血，既以自养，亦以养虫。自今日以往，旦夕食淡麪四两，犹复念食则以胡麻、茯苓麨足之，饮食之外，不啖一吻。主人枯槀则客自弃去。尚恐习性易流，故取中散真人之言，对病为药，使人诵之日叁，曰：东坡居士，汝忘逾年之忧，百日之苦乎？使汝不幸而有中散之祸，伯牛之疾，虽欲采薇散发，岂可得哉？今食麻麦、茯苓多矣。居士则歌以答之曰：事无事之事，百事治兮；味无味之味，五味备兮。茯苓麻麦，有时而匮兮，有则食，无则已者，与我无既兮。呜呺噫嘻！馆客不终，以是为愧兮。

第十八册，7137页

梁工说

梁工治丹灶有日矣。或有自三峰来，持淮南王书，欲授枕中奇秘坎离生养之法，阴阳九六之数，子女南北之位，或黄或白，生生而不穷，以是强兵，以是绪余以博施济众。而其始也，密室为场，空地为炉，外烬山木之上煮天一，坏父鼎母，养以既济，风火细缊，而瓦砾化生。方士未毕其说，工悦之，然以为尽之矣。退试其术，逾月破灶，而黄金已芽矣。于是谢方士，方士曰："子得予之方，未得究其良，知其一不知其二。余弗邀利于子，后日不成，不以相仇，则子之惠也。"工重谢之曰："若之术殚于是矣，予固知之矣，岂若愚我者哉！"遂歌《骊驹》以遣送之。束书在于腰，长揖而去。工日治其诀，更增益剂量，其贪婪无厌。童东山之木，汲西江之水，夜火属月魄，昼火属日光，操之弥勤，而其术愈疏，为之不已。而其费滋甚，牛马销于铅汞，室庐尽于钳锤，券土田，质妻子，萧条褴褛，而其效不进。至老以死，终不悟。君子曰：术之不慎，学之不至者然也，非师之罪也。居士曰：朽墙画墁，天下之贱工，而莫不有师。问之不下，思之不熟，与无师同。其师之不至，朽墙画墁之不若也。不至，则欺其中，亦以欺其外。欺其中者己穷，欺外者人穷。如梁工盖自穷，亦安能穷人哉！

第十八册，7172 页

书东皋子传后

余饮酒终日，不过五合，天下之不能饮，无在余下者。然喜人饮酒，见客举杯徐引，则余胸中为之浩浩焉，落落焉，酣适之味，乃过于客。闲居未尝一日无客，客至未尝不置酒，天下之好饮，亦无在吾上者。常以谓人之至乐，莫若身无病而心无忧，我则无是二者矣。然人之有是者接于余前，则余安得全其乐乎？故所至常蓄善药，有求者则与之，而尤喜酿酒以饮客。或曰："子无病而多蓄药，不饮而多酿酒，劳己以为人，何也？"余笑曰："病者得药，吾为之体轻；饮者困于酒，吾为之酣适，盖专以自为也。"

东皋子待诏门下省，日给酒三升，其弟静问曰："待诏乐乎？"曰："待诏何所乐，但美酝三升，殊可恋耳！"今岭南法不禁酒，余既得自酿，月用米一斛，得酒六斗。而南雄、广、惠、循、梅五太守间复以酒遗余，略计其所获，殆过于东皋子矣。然东皋子自谓"五斗先生"，则日给三升，救口不暇，安能及客乎？若余者，乃日有二升五合入野人道士腹中矣。

东皋子与仲长子光游，好养性服食，预刻死日自为墓志，余盖友其人于千载，则庶几焉。

第十九册，7350 页

跋嵇叔夜《养生论》后

东坡居士以桑榆之末景，忧患之余生，而后学道，虽为达者所笑，然犹贤乎已也，以嵇叔夜《养生论》，颇中余病，故手写数本，其一赠罗浮邓道士。绍圣二年四月八日书。

第十九册，7374 页

书柳子厚《牛赋》后

岭外俗皆恬杀牛，而海南为甚。客自高化载牛渡海，百尾一舟，遇风不顺，渴饥相倚以死者无数。牛登舟皆哀鸣出涕，既至海南，耕者与屠者常相半。病不饮药，但杀牛以祷，富者至杀十数牛。死者不复云，幸而不死，即归德于巫。以巫为医，以牛为药，间有饮药者，巫辄云："神怒，病不可复治。"亲戚皆为却药，禁医不得入门，人牛皆死而后已。地产沉水香，香必以牛易之黎。黎人得牛皆以祭鬼，无脱者。中国人以沈水香供佛燎帝求福，此皆烧牛肉也，何福之能得？哀哉！

余莫能救，故书柳子厚《牛赋》以遗琼州僧道赟，使以晓喻其乡人之有知者，庶几其少衰乎？庚辰三月十五日记。

第十九册，7382 页

跋赤溪山主颂

达与不达者语，譬如与无舌人说味。问蜜何如，可云蜜甜。问甜何如，甜不可说。我说蜜甜，而无舌人终身不晓。为其不可晓，以为达者语应皆如是，问东说西，指空画地，如心疾，如睡语，听者耻不知，从而和之，更相欺谩。昔张鲁以五斗米治病，戒病者相语不得云"未差也"，若云尔者，终身不差也。故当时以张鲁为神。其事类此。然亦不得以此等故疑其真。余得赤溪山主颂十一篇于其子昶，问其事于乐全先生张安道，知其为达者无疑，为书其末。熙宁九年正月望日。

第十九册，7384 页

书黄道辅品茶要录后

物有畛而理无方，穷天下之辩，不足以尽一物之理。达者寓物以发其辩，则一物之变，可以尽南山之竹。学者观物之极，而游于物之表，则何求而不得。故轮扁行年七十而老于斫轮，庖丁自技而进乎道，由此其选也。黄君道辅讳儒，建安人。博学能文，淡然精深，有道之士也。作《品茶要录》十篇，委曲微妙，皆陆鸿渐以来论茶者所未及。非至静无求，虚中不留，乌能察物之情如此其详哉？昔张机有精理而韵不能高，故卒为名医，今道辅无所发其辩，而寓之于茶，为世外淡泊之好，此以高韵辅精理者。予悲其不幸早亡，独此书传于世，故发其篇末云。

第十九册，7413 页

书咒语赠王君

王君善书符，行天心正一法，为里人疗疾驱邪。仆尝传咒法，当以传王君。其辞曰："汝是已死我，我是未死汝，汝若不吾祟，吾亦不汝苦。"

第十九册，7415 页

跋张广州书

张广州与妹仁寿夫人书云："广州真珠香药极有，亦有闲钱，但忝市舶使，不欲效前人自污尔。有唐三百年，惟宋璟、卢奂、李朝隐治广以廉洁称，吾宋无闻焉。方作钦贤堂，绘古之清刺史，日夕思仰之，吾妹贤而知理，必喜闻也。"洁廉，哲人之细事也，而古今边患常生于贪。守边得廉吏，则夷夏人安，岂细事哉。张说作《宋璟遗爱碑》，其文曰："昆仑宝兮四海财，几万里兮岁一来。"《书》曰："不宝远物，则远人格。"盖致远莫若廉。使张公久于帅广，如四海之物，皆可致也。呜呼！元符三年七月十一日。

第十九册，7435 页

题刘壮舆文编后

今日晨起，减衣，得头风病，然亦不甚也。取刘君壮舆文编读之，失疾所在。曹公所云，信非虚语。然陈琳岂能及君耶？建中靖国元年四月十二日书。

第十九册，7441页

书《左传》医和语

男子之生也覆，女子之生也仰，其死于水也亦然，男内阳而外阴，女子反之，故《易》曰：坤至柔而动也刚。《书》曰：沈潜刚克，古之达者盖知此也，秦医和曰：天有六气，淫为六疾，阳淫热疾，阴淫寒疾，风淫末疾，雨淫腹疾，晦淫惑疾，明淫心疾。夫女阳物而晦时，故淫则为内热蛊惑之疾。女为蛊惑，世知之者众，其为阳物而内热，虽良医未之言也。

五劳七伤皆热，肝而蒸晦者，不为蛊则中风，皆热之所生也。医和之语，吾尝表而出之，读《左氏春秋》书此。

第十九册，7448页

偶书二首

刘聪闻当为须遮国王，则不复惧死，人之爱富贵，有甚于生者。月犯少微星，吴中高士求死不得，人之好名，有甚于生者。

第十九册，7454页

记导引家语

导引家云："心不离田，手不离宅。"此语极有理。又云："真人之心，如珠在渊；众人之心，如泡在水。"此善譬喻者。

第十九册，7461页

改观音经

《观音经》云：“咒咀诸毒药，所欲害身者，念彼观音力，还著于本人。”东坡居士曰：“观音，慈悲者也。今人遭咒咀，念观音之力而使还著于本人，则岂观音之心哉？”今改之曰：“咒咀诸毒药，所欲害身者，念彼观音力，两家总没事。”

第十九册，7465 页

书《楞伽经》后

《楞伽阿跋多罗宝经》，先佛所说，微妙第一真实了义，故谓之佛语心品。祖师达摩以付二祖曰：“吾观震旦所有经教，惟《楞伽》四卷可以印心。”祖祖相授，以为心法。如医之《难经》，句句皆理，字字皆法。后世达者神而明之，如盘走珠、如珠走盘，无不可者。若出新意，而弃旧学以为无用，非愚无知，则狂而已。近岁学者各宗其师，务从简便，得一句一偈，自谓子证，至使妇人孺子抵掌嬉笑，争谈禅悦。高者为名，下者为利，余波末流无所不至，而佛法微矣。譬如俚俗医师，不由经论直授方药以之疗病，非不或中；至于遇病，辄应悬断死生，则与知经学古者不可同日语矣。世人徒见其有一至之功，或捷于古人，因谓《难经》不学而可，岂不误哉！《楞伽》义趣幽眇，文字简古。读者或不能句，而况遗文以得义，忘义以了心者乎？此其所以寂寥于世，几废而仅存也。太子太保乐全先生张公安道，以广大心，得清净觉。庆历中尝为滁州，至一僧舍，偶见此经，入手恍然如获旧物。开卷未终，夙障冰解，细视笔画，手迹宛然。悲喜太息，从是悟入，常以经首四偈发明心要。轼游于公之门三十年矣，今年二月过南都，见公于私第。公时年七十九，幻灭都尽，惠光浑圜，而轼亦老于忧患，百念灰冷。公以为可教者，乃授此经，且以钱三十万使印施于江淮间。而金山长老佛印大师了元曰：“印施有尽，若书而刻之则无尽。”轼乃为书之，而元使其侍者晓机走钱塘，求善工刻之板，遂以为金山常住。元丰八年九月日，朝奉郎、新差知登州军州兼管内劝农事骑都尉借绯苏轼书。

第十九册,7474页

书诸公送周梓州诗后

予自元祐之初，备位从官，日与正孺游。三年，予既有江海之意，而正孺亦慨然有归欤之叹，遂请梓州，得之。予时以诗送行，有“扫棠阴”“踵画像”之语。旋出领杭州二年，还朝，老病日加，方上章请郡，曰：“正孺已及瓜矣，盍往代之，遂归老眉山乎？”或曰：“不可，梓人之安正孺甚矣，其去正孺，如去父母，子其忍夺之！”乃止，不敢乞。梓人愿复借留正孺数年，诏许之。而大丞相吕公典领实录，见熙宁中正孺为御史时所言事，叹曰：“君子哉，斯人也。”因言于上，除正孺直秘阁。

士大夫以才能论议，取合一时可也，使人于十年之后，徐观其所为，心服而无异议，我亦无愧，难矣。正孺有书来，欲刻诸公送行诗于石，求予为跋尾，乃记所闻以遗之，且使梓人知予前诗卒章之意，未始一日忘也。

第十九册,7593页

题鲜于子骏八咏后

始予过益昌，子骏始漕利路。其后八年，予守胶西，而子骏始移漕京东。自朝廷更法以来，奉法之吏，尤难其人。刻急则伤民，宽厚则废法。二者其理难通，而山峡地瘠，民贫役重，其推行为尤难。子骏世家南隆，亲族故人，散处所部，以亲则害法，以法则伤恩，二者其势难全。是三难者萃于子骏，而子骏为之九年，其声蔼然，闻之四方。上不害法，下不伤民，中不废亲，自讲议措置至于立法定制，皆成于其手。吏民举欣欣然，而子骏亦自治园囿亭榭，赋诗饮酒，雍容有余，如异时为监司者。君子以是知其贤。

子骏以其所作八咏寄余。余甚爱其诗，欲作而不可及，乃书其末，以遗益昌之人，使刻于石，以无忘子骏之德。

第十九册，7604页

书石芝诗后

中山教授马君，文登人也。盖尝得石芝食之，故作此诗，同赋一篇。目昏不能多书，令小儿执笔，独题此数字。

第十九册，7688页

书清泉寺词

黄州东南三十里，为沙湖，亦曰螺蛳店。予将买田其间，因往相田。得疾，闻麻桥人庞安常善医而聋，遂往求疗。安时虽聋，而颖悟绝人，以指画字，不尽数字，辄深了人意。余戏之曰："余以手为口，君以眼为耳，皆一时异人也。"疾愈，与之同游清泉寺。寺在蕲水城门外二里许，有王逸少洗笔泉，水极甘，下临兰溪，溪水西流。余作歌云："山下兰芽短浸溪，松间沙路净无泥，萧萧暮雨子规啼。谁道人生无再少？君看流水尚能西！休将白发唱黄鸡。"是日，极饮而归。

第十九册，7747页

书庞安时见遗廷珪墨

吾蓄墨多矣，其间数丸，云是廷珪造。虽形色异众，然岁久墨之乱真者多，皆疑而未决也。有人蓄此墨再世矣，不幸遇重病，医者庞安时愈之，不敢取一钱，独求此墨，已而传遗余，求书数幅而已。安时，蕲水人，术学造妙而有贤行，大类蜀人单骧。善疗奇疾。字安常。知古今，删录张仲景已后《伤寒论》，极精审，其疗伤寒，盖万全者也。

第十九册，7951页

以乐害民

“扬州芍药为天下冠，蔡延庆为守，始作万花会，用花十余万枝。既残诸园，又吏因缘为奸，民大病之。予始至，问民疾苦，遂首罢之。万花会，本洛阳故事，而人效之，以一笑乐为穷民之害。意洛阳之会，亦必为民害也，会当有罢之者。钱惟演为洛守，始置驿，贡洛花，识者鄙之。此宫妾爱君之意也。蔡君谟始加法造小团茶贡之，富彦国曰：‘君谟乃为此耶？’”

第二十册，8206页

黄鄂之风

近闻黄州小民贫者生子多不举，初生便于水盆中浸杀之，江南尤甚，闻之不忍。会故人朱寿昌康叔守鄂州，乃以书遗之，俾立赏罚以变此风。黄之士古耕道，虽椎鲁无它长，然颇诚实，喜为善。乃使率黄人之富者，岁出十千，如愿过此者，亦听，使耕道掌之，多买米布绢絮，使安国寺僧继莲书其出入。访闾里田野有贫甚不举子者，辄少遗之。若岁活得百个小儿，亦闲居一乐事也。吾虽贫，亦当出十千。

第二十册，8296页

大还丹诀

凡物皆有英华，轶于形器之外。为人所喜者，皆其华也，形自若也。而不见可喜，其华亡也。故凡作而为声，发而为光，流而为味，蓄而为力，浮而为膏者，皆其华也。吾有了然常知者存乎其内，而不物于物，则此六华者，苟与吾接，必为吾所取。非取之也，此了然常知者与是六华者盖尝合而生我矣。我生之初，其所安在，此了然常知者苟存乎中，则必与是六华者皆处于此矣。其凡与吾接者，又安得不赴其类，而归其根乎？吾方养之以至静，守之以至虚，则火自炼之，水自伏之，升降开阖，彼自有数，日月既至，自变自成，吾预知可也。《易》曰："精气为物，游魂为变。"《传》曰："用物精多则魂魄强。"《礼》曰："体魄则降，志气在上。"人不为是道，则了然常知者生为志气，死为魂神，而升于天。此六华者，生为体为精，死为魄为鬼而降于地。其知是道者，魂魄合，形气一。其至者，至骑箕尾而为列星。敬之信之，密之行之，守之终之。元祐三年九月二十八日书。

第二十册，8331 页

阳丹阴炼

冬至后斋居，常吸鼻液，漱炼令甘，乃咽下丹田。以三十瓷器，皆有盖，溺其中，已，随手盖之，书识其上，自一至三十。置净室，选谨朴者守之。满三十日开视，其上当结细砂如浮蚁状，或黄或赤，密绢帕滤取。新汲水净，淘澄无度，以秽气尽为度，净瓷瓶合贮之。夏至后取细研，枣肉丸如梧桐子大，空心酒吞下，不限丸数，三五日后服尽。夏至后仍依前法采取，却候冬至后服。此名阳卉阴炼，须清净绝欲，若不绝欲，其砂不结。

第二十册，8333 页

阴丹阳炼

取首生男子之乳，父母皆无疾恙者，并养其子，善饮食之，日取其乳一升，只半升已来亦可。以朱砂银作鼎与匙，如无朱砂银，山泽银亦得。慢火熬炼，不住手搅如淡金色，可丸即丸如桐子大，空心酒吞下，亦不限丸数。此名阴丹阳炼。世人亦知服秋石，然皆非清净所结；又此阳物也，须复经火，经火之余皆其糟粕，与烧盐无异也。世人亦知服乳，乳，阴物，不经火炼则冷滑而漏精气也。此阳丹阴炼、阴丹阳炼，盖道士灵智妙用，沉机捷法，非其人不可轻泄，慎之！

第二十册，8334 页

符陵丹砂

尔朱道士晚客于眉山，故蜀人多记其事。自言受记于师云：“汝后遇白石浮，当飞仙去。”尔朱虽以此语人，亦莫识所谓。后去眉山，乃客于涪州，爱其所产丹砂，虽琐细而皆矢镞状，莹彻不杂土石，遂止炼丹数年，竟于涪州白石仙去，乃知师所言不谬者。闻长老道其事甚多，然不记其名字，可恨也。《本草》言：“丹砂出符陵谷。”陶隐居云：“符陵是涪州。”今无复采者。吾闻熟于涪者云：“采药者时复得之，但时方贵辰锦砂，故此不甚采尔。”读《本草》偶记之也。

第二十册，8336页

松气炼砂

祥符东封，有扈驾军士，昼卧东岳，真君观古松下，见松根去地尺余，有补塞处，偶以所执兵攻刺之。塞者动，有物如流火，自塞下出，遥走入地中。军士以语观中人，有老道士拊膺曰：“吾藏丹砂于是，三十年矣。”方卜日取之，因掘地数丈不复见，道士怅恨成疾，竟死。其法，用朱砂精良者，凿大松腹，以松气炼之，自然成丹。吾老矣，不暇为此，当以山泽银为鼎，有盖，择砂之良者二斤，以松根明节悬胎煮之，傍置沙瓶，煎水以补耗，满百日取砂。玉研七日，投熟蜜中，通油瓷瓶盛，日以银器取少许，醇酒搅汤饮之，当有益也。

第二十册，8338页

龙虎铅汞说

人之所以生死，未有不自坎、离者。坎、离交则生，分则死，必然之首也。离为心，坎为肾，心之所然，未有不正，虽桀、跖亦然。其所以为桀、跖者，以内轻而外重。故常行其所不然者尔。肾强而溢，则有欲念，虽尧、颜亦然。其所以为尧、颜者，以内重而外轻。故常行其所然者耳。由此观之，心之性法而正，肾之性淫而邪，水火之德，固如是也。子产曰："火烈，人望而畏之。水弱，人狎而玩之。"达者未有不知此者也。龙水，汞也，精也，血也。出于肾，而肝藏之，坎之物也。虎火，铅也，气也，力也。出于心，而肺主之，离之物也。心动，则气力随之而作。肾溢，则精血随之而流。如火之有烟，未有复反于薪者也。世之不学道。其龙常出于水，故龙飞而汞轻。其虎常出于火，故虎走而铅枯。此生人之常理也。顺此者死，逆此者仙。故真人之言曰："顺行则为人，逆行则为道。"又曰："五行颠倒术，龙从火里出。五行不顺行，虎向水中生。"有隐者教余曰："人能正坐，瞑目调息，握固心定，息微则徐闭之。（达摩胎息法，亦须闭。若如佛经，待其自止，恐卒不能到也）虽无所念，而卓然精明，毅然刚烈，如火之不可犯，息极则小通之，微则复闭之。（方其通时，亦限一息，一息归之，已下丹田中也）为之。推数以多为贤，以久为功，不过十日，则丹田湿而水上行，愈久愈温，几至如烹，上行如水，蓊然如云，烝于泥丸。盖离者，丽也，着物而见火之性也。吾目引于色，耳引于声，口引于味，鼻引于香，火辄随而丽之。今吾寂然无所引于外，火无所丽，则将焉往？水其所妃也，而况其妃乎？水火合，则火不炎而水自上，则所谓'龙从火里出'也。龙出于火，则龙不飞，而汞不乾。旬日之外，脑满而腰足轻，方闭息时，则漱而烹之，须满口而后咽。（若未满，且留口中，俟后次也）仍以空气送至下丹田，常以意养之，久则化而为铅。此所谓'虎向水中生'也。"此论奇而通，妙而简，决为可信者。然吾有大患，平生发此志愿百十回矣，皆谬悠无成，意此道非捐躯以赴之，刳心以受之，尽命以守之，不能成也。吾今年已六十，名位破败，兄弟隔绝，父子离散，身居蛮夷，北归无日，区区世味，亦可知矣。若复谬悠于此，真不如人矣。故数日来，别发誓愿。譬如古人避难穷山，或使绝域，啮草啖雪，彼何人哉！已令告一禅榻、两大案，明窗之下，专欲治此。并已作乾烝饼百枚。自二月一日为首，尽绝人事。饥则食此饼，不饮汤水，不啖食物，细嚼以致津液，或饮少酒而已。午后，略睡。一更便卧，三更乃起，坐以待旦。有日采日，有月采月，余时非数息炼阴，则行今所谓龙虎诀尔。如此百日，或有所成。不读书著文，且一时阁起，以待异日。不游山水，除见道人外，不接客，不会饮，无益也。深恐易流之性，不能终践此言，故先书以报，庶几他日有惭于弟而不敢变也。此事大难，不知其果能不惭否？此书既以自坚，又欲以及弟也。卷舌以舐悬痈，近得此法，初甚秘惜之。此禅家所谓“向上一路子，千金不传人”，所见如此，虽可笑，然极有验也。但行之数日间，舌、下盘微急痛，当以渐驯致。若舌尖果能及悬痈，则致华池之水，莫捷于此也。又言：“此法名‘洪炉上一点雪’。”宜且秘之。

第二十册，8339页

李若之布气

晋《方技传》有幸灵者，父母使守稻，牛食之，灵见而不驱。牛去，乃理其残乱者。父母怒之，灵曰：“物各欲食，牛方食，奈何驱之？”父母愈怒，曰：“即如此，何用理乱者为？”灵曰：“此稻又欲得生。”此言有理，灵固有道者耶？吕猗母足得痿痹病十余年，灵疗之，去母数步坐，瞑目寂然。有顷，曰：“扶起夫人坐。”猗曰：“夫人得疾十年，岂可仓卒令起耶？”灵曰：“且试扶起。”两人夹扶而立，少顷，去夹者，遂能行。学道养气者，至足之余，能以气与人，都下道士李若之能之，谓之“布气”。吾中子迨少羸多疾，若之相对坐为布气，迨闻腹中如初日所照，温温也。盖若之曾遇得道异人于华岳下云。

第二十册，8345页

侍其公气术

扬州有武官侍其者，偶忘其名。官于二广恶地十余年，终不染瘴。面红盛，腰足轻快，年八十九乃死。初不服药，唯用一法，每日五更起坐，两掌相乡，热摩涌泉穴无数，以汗出为度。欧阳文忠公不信仙佛，笑人行气。晚年见之，云：“吾数年来患足疮，一痛殆不可忍。近日有人传一法，用之三日，不觉失去。”其法：垂足坐，闭目握固，缩谷道，摇飐两足，如摄气球状，无数。气极即少休，气平复为之，日七八度，得暇即为之，无定时。盖涌泉与脑通，闭缩摇飐，即气上潮，此乃般运捷法也。文忠疾已则废，使其不废，当有益。至言不烦，不可忽也。

第二十册，8346页

养生诀（上张安道）

近年颇留意养生。读书，延纳方士多矣，其法数百，择其简而易行者，间或为之，辄验。今此法特奇妙，乃知神仙长生不互，非虚语尔。其效初不甚觉，但积累百余日，功用不可量。比之服药，其力百倍。久欲献之左右，其妙处，非言语文字所能形容。然可道其大略。若信而行之，必有大益，其状如左。

每夜以子后（三更三四点至五更以来）披衣起，（只床上拥被坐亦可）面东若南，盘足，叩齿三十六通，握固（以两拇指握第三指，或第四指握拇指，两手拄腰腹间也），闭息（闭息，最是道家要妙处。先须闭息却虑，扫灭座相，使心澄湛，诸念不起，自觉出入息调匀，即闭定口鼻也），内观五脏，肺白、肝青、脾黄、心赤、肾黑。（常求五脏图挂壁上，使心中熟识五脏六腑之形状）次想心为炎火，光明洞彻，丹田中。待腹满气极，即徐出气。（不得令耳闻）候出入息均调，即以舌接唇齿，内外漱炼津液（若有鼻液，亦须漱使，不嫌其咸，炼久自然甘美，此是真气，不可弃之也），未得咽。复前法。闭息内观，纳心丹田，调息漱津，皆依前法。如此者三，津液满口鼻也即低头咽下，以气送入丹田。须用意精猛，令津与精气谷谷然有声，径入丹田。又依前法为之。凡九闭息，三咽津而止。然后以左右手热摩两脚心（此涌泉穴上彻顶门，气诀之妙），及脐下腰脊间，皆令热彻（徐徐摩之，使微汗出，不妨，不可喘足尔），次以两手摩熨眼、面、下、项，皆令极热。仍案捏鼻梁左右五七下，梳头百余梳而卧，熟寝至明。

右其法至简易，在常久不废而有深功。且试行一二十日，精神自已不同，觉脐下实热，腰脚轻快，久之不已，去仙不远。但当习闭息，使渐能持久。以脉候之，五至为一息。近来闭得渐久，每一闭百二十至而开，盖已闭得二十余息也。又不可台闭多时，使气错乱，或奔突而出，反为之害。慎之！慎之！又须常节晚食，食腹中宽虚，气得回转。昼日无事，亦时时闭目内观，漱炼津液咽之，摩熨耳目，以助真气。但清净专一，即易见功矣。神仙至术，有不可学者。一忿躁，二阴险，三贪欲。公雅量清德，无此三疾，窃谓可学。故献其区区，笃信力行，他日相见，复陈其妙者焉。文书口诀，多枝词隐语，卒不见下手径路。今且直指精要，可谓至言不烦，长生之根本也。幸深加宝秘，勿使庸妄窥之，以泄至道也。

第二十册，8348页

寄子由三法

之一 食芡法

吴子野云："芡实盖温平尔，本不能大益人。"然俗谓之水硫磺，何也？人之食芡也，必枚啮而细嚼之，未有多嘬而亟咽者也，舌颊唇齿，终日嗫嚅，而芡无五味，腴而不腻，足以致上池之水。故食芡者，能使人华液通流，转相挹注，积其力，虽过乳石可也。吾在黄冈山中见牧羊者，必驱之瘠土，云："草短而有味，羊得细嚼，则肥而无疾。"羊犹尔，况人乎？

第二十册，8351页

之二 胎息法

养生之方，以胎息为本，此固不刊之语，更无可议。但以气若不闭，任其出入，则渺绵滉漭，无卓然近效。待其兀然自住，恐终无此期。若闭而留之，不过三十五息。奔突而出，虽有微暖养下丹田，此一溉于汤，决非度世之术。近日深思，似有所得。盖因看《孙真人养生门》中，调气第五篇。反复寻究，恐是如此。其略曰，和神气之道，当得密室，闭户安床暖席，枕高二寸半，正身偃卧，瞑目闭气于胸膈间，以鸿毛着鼻，止而不动。经三百息，耳无所闻，目无所见，心无所思。则寒暑不能侵，蜂虿不能毒。寿三百六十岁，此邻于真人也。

此一段要诀。弟且静心细意，字字研究。看既云闭气于胸膈，恐是不闭鼻中气。只以意坚守此气于胸膈中，令出入息，似动不动，氤氲缥缈。如香炉盖上烟，汤瓶嘴中气。自在出入，无呼吸之者则鸿毛可以不动。若心不起念，虽过三百息可也。仍须一切依此本诀，卧而为之。

仍须直以鸿毛粘着鼻端，以意守气于胸中，遇欲吸时不免微吸。及其呼时，虽不得呼，但任其氤氲缥缈，微微自出，尽气乎则又微吸，如此出入元不断，而鸿毛自不动，动亦极微，觉其微动，则又加意制勒之。以不动为度，虽云制勒，然终不闭。至数百息，出者少，不出者多，则内守充盛。血脉通流，上下相灌输，而生理备矣。兄悟此元意，甚以为奇。恐是夜夜烧香，神启其心，自悟自证，适值痔疾及热甚，未能力行，亦时时小试，觉其理不谬。更候疾平天凉，稍稍置力。续见效，当报弟，不可谓出意杜撰而轻之也。

第二十册，8351页

之三 藏丹砂法

《抱朴子》云：古人藏丹砂井中，而饮者犹获上寿。今但悬望大丹，丹既不可望。又学烧，而药物火候，皆未必真。纵使烧成，又畏火毒而未能服。何不趁取且服生丹砂。意谓煮过百日者，力亦不慢。草药是覆盆子，亦神仙所饵。百日熬炼，草石之气，且相乳入。每日五更，以井花水服三丸。服罢，以意送至下丹田。心火温养久之，意谓必有丝毫留者。积三百余服，恐必有刀圭留丹田，致一之道。初若眇昧，久乃有不可量者。兄老大无见解，直欲以拙守而致神仙。此大可笑，亦可取也。

吾虽了了见此理，而资躁褊。害之者众，事不便成。子由端静淳淑，使少加意。当先我得道，尔必却度我，故书此纸，为异日信。非虚语也，绍圣二年。

第二十册，8353页

学龟息法

洛下有洞穴，深不可测。有人堕其中不能出，饥甚，见龟虵无数，每旦辄引首东望，吸初日光咽之，其人亦随其所向，效之不已，遂不复饥，身轻力强。后卒还家，不食，不知其所终。此晋武帝时事。辟谷之法以百数，此为上，妙法止于此。能服玉泉，使鈆汞具体，去僊不远矣。此法甚易知易行，天下莫能知，知者莫能行，何则？虚一而静者，世无有也。元符二年，儋耳米贵，吾方有绝粮之忧，欲与过子共行此法，故书以授之。四月十九日记。

第二十册，8355页

记养黄中

元符三年，岁次庚辰；正月朔，戊辰；是日辰时，则丙辰也。三辰一戊，四土会焉，而加丙与庚：丙，土母，而庚其子也。土之富，未有过于斯时也。吾当以斯时肇养黄中之气，过此又欲以时取薤姜蜜作粥以啖。吾终日默坐，以守黄中，非谪居海外，安得此庆耶？东坡居士记。

第二十册，8357页

单庞二医

蜀有单骧者，举进士不第，顾以医闻。其术虽本于《难经》《素问》，而别出新意，往往巧发奇中，然未能十全也。仁宗皇帝不豫，诏孙兆与骧入侍，有间，赏赉不赀。已而大渐，二子皆坐诛，赖皇太后仁圣，察其非罪，坐废数年。今骧为朝官，而兆已死矣。予来黄州，邻邑人庞安常者，亦以医闻，其术大类骧，而加之以针术绝妙。然患聋，自不能愈，而愈人之病如神。此古人所以寄论于目睫也耶？骧、安常皆不以贿谢为急，又颇博物通古今，此所以过人也。元丰五年三月，予偶患左手肿，安常一鍼而愈，聊为记之。

第二十册，8359页

庞安常善医

蕲州庞君安常善医而聩，与人语，在纸始能答。东坡笑曰："吾与君皆异人也，吾以手为口，君以眼为耳，非异人而何?"

第二十册，8361页

求医诊脉

脉之难明，古今所病也。至虚有实候，而大实有羸状，差之毫厘疑似之间，便有死生祸福之异，此古今所病也。病不可不谒医，而医之明脉者，天下盖一二数。骐骥不时有，天下未尝徒行；和扁不世出，病者未尝徒死。亦因其长而护其短耳。士大夫多秘其所患而求诊，求验医之能否，使索病于冥漠之中，辨虚实冷热于疑似之间。医不幸而失，终不肯自谓失也，则巧饰掩非以全其名。至于不救，则曰："是固难治也。"间有谨愿者，虽或因主人之言，亦复参以所见，两存而杂治，以故药不效。此世之通患而莫之悟也。吾平生求医，盖于平时默验其工拙，至于有疾而求疗，必先尽告以所患，使医者了然知患之所在，然后求之诊。虚实冷热先定于中，则脉之疑似不能惑也。故虽中医，治吾疾常愈。吾求疾愈而已，岂以困医为事哉?

第二十册，8362页

医者以意用药

欧阳文忠公尝言：有患疾者，医问其得疾之由，曰："乘船遇风，惊而得之。"医取多年舵牙，为舵工手汗所渍处，刮末，杂丹砂、茯神之流，饮之而愈。今《本草》注引《别药性论》云："止汗用麻黄根节及故竹扇为末，服之。"

文忠因言："医以意用药，多此比。初似儿戏，然或有验，殆未易致诘也。"

予因谓公："以笔墨烧灰饮学者，当治昏惰耶？推此而广之，则饮伯夷之盥水，可以疗贪；食比干之馂余，可以已佞；舐樊哙之盾，可以治怯；嗅西子之珥，可以疗恶疾矣。”公遂大笑。

元祐六年闰八月十七日，舟行入颍州界，坐念二十年前见文忠公于此，偶记一时笑谈之语，聊复志之。

第二十册，8364 页

目忌点濯说

岁日，与欧阳叔弼、晁无咎、张文潜同在戒坛。余病目昏，将以热水洗之。文潜曰：“目忌点洗。目有病，当存之，齿有病，当劳之，不可同也。又记鲁直语云：‘眼恶剔决，齿便漱洁’。治目当如治民，治齿当如治军，治民当如曹参之治齐，治军当如商鞅之治秦。此颇有理，故退而记之。

第二十册，8367 页

钱子飞施药

王游元龙言：“钱子飞有治大风方，极验，常以施人。一日梦人自云：‘天使已以此病人，君违天怒，若施不已，君当得此病，药不能愈。’子飞惧，遂不施。”仆以为天之所病，不可疗耶，则药不应服有效；药有效者，则是天不能病。当是病之祟，畏是药而假天以禁人耳。晋侯之病，为二竖子，李子豫赤丸，亦先见于梦，盖有或使之者。子飞不察，为鬼所胁。若余则不然，苟病者得愈，愿代受其苦。家有一方，能下腹中秽恶，在黄州试之，病良已。今当常以施人。

第二十册，8369 页

宪宗姜茶汤

宪宗赐马总治泻痢腹痛方，以生姜和皮切碎如粟米，用一大盏，并草茶相等煎服之。文潞公得此疾，百药不效，而予传此方而愈。

第二十册，8371 页

裕陵偏头疼方

裕陵传王荆公偏头痛方，云是禁中秘方。用生萝菔（白萝卜）汁一蚬壳，仰卧注鼻中，左痛注右，右痛注左，或两鼻皆注亦可，数十年患皆一注而愈。荆公与仆言，已愈数人矣。

第二十册，8372页

枳枸汤

眉山有杨颖臣者，长七尺，健饮啖，倜傥人也。忽得消渴疾，日饮水数斗，食倍常，而数溺消渴药服之逾年，疾日甚。自度必死，治棺衾，嘱其子于人。蜀有良医张元隐之子，不记其名，为诊脉。笑曰："君几误死矣！"取麝香当门子，以酒濡之，作十许丸。取枳枸子为汤饮之，遂愈。问其故，张生言，消渴消中，皆脾衰而肾惫。土不能胜水，肾液不上溯，乃成此疾。今诊颖臣脾脉极热，而肾不衰。当由果实酒过度，虚热在脾，故饮食兼人而多饮水。水多，不得不多溺也，非消渴也。麝香能败酒，瓜果近辄不植，而枳枸子亦能胜酒。屋外有此木，屋中酿酒不熟，以其木为屋，其下亦不可酿酒，故以此二物为药，以去酒果之毒也。宋玉云枳枸束巢，枳音俱，里切，枸音矩，以其实如鸟乳，故能束巢。今俗讹谓之鸡矩子，亦谓之癞汉指头，盖取其似也。嚼之如乳，小儿喜食之。

第二十册，8373页

服生姜法

予昔监郡钱塘，游净慈寺，众中有僧号聪药王，年八十余，颜如渥丹，目光迥然。问其所能，盖诊脉知吉凶如智缘者。自言服生姜四十年，故不老。云姜能健脾温肾，活血益气。其法取生姜之无筋滓者，然不用子姜，错之并皮裂取汁，贮器中，久之澄去上黄而清者，取其下白而浓者阴干，刮取如面，谓之姜乳，以蒸饼，或饭搜和丸如梧子，以酒或盐米汤吞数十粒，或取末置酒食茶饮中食之，皆可。聪云：山僧孤贫，无力治此，正尔和皮嚼烂，以温水咽之耳。初固辣，稍久则否，今但觉甘美而已。

第二十册，8375页

服威灵仙法

服威灵仙有二法。其一净洗阴干，捣罗为末。杂酒浸牛膝末，或蜜丸，或为散。酒调。牛膝之多少，视已气之虚实而增减之。此眉山一亲，患脚气至重，依此服半年，遂永除。其一法，取药粗细得中，寸截之。七寸作一帖，每岁作三百六十帖，置床头，五更初，面东细嚼一帖，候津液满口咽下。此牢山一僧，年百余岁，上下山如飞，云得此药方。二法皆以得真为要。真者有五验：一味极苦；二色深黑；三折之脆而不韧；四折之微尘，如胡黄连状；五断处有黑白晕，谓之鸲鹆眼。无此五验，则本根之细者耳。又须忌茶。以槐芽皂角至嫩者，依造草茶作。或取《外台秘要》，代茶饮子方，常合服乃可。

第二十册，8376页

服茯苓法

茯苓自是神仙上药，但其中有赤筋脉，若不能去，服久不利人眼，或使人眼小。当削去皮切为方寸块，银石器中清水煮，以酥软解散为度，入细布袋中，以冷水揉搜，如作葛粉状，澄取粉而筋脉留袋中，弃去不用。用其粉以蜜和如湿香状，蒸过食之尤佳。纯黑脂麻，九蒸九暴，入水烂研，滤取白汁，银石器中熬，如作杏酪汤。更入去皮核烂研枣肉，与茯苓粉一处搜和食之，尤有奇效。

第二十册，8379页

服地黄法

肥嫩地黄一二寸，截去，薄纸裹两头，以生猪脑涂其肤周匝，置小盘中，挂通风处十余日自干，抖擞之出细黄粉，其肤独一一如鹅管状，其粉沸汤点，或谓之金粉汤。

第二十册，8380页

艾人着灸法

端午日，日未出，以意求艾似人者，辄掊之以灸，殊有效。幼时见一书中云尔，忘其为何书也。艾未有真似人者，于明暗间，苟以意命之而已。万法皆妄，无一真者，此何疑焉？

第二十册，8381页

井华水

时雨降，多置器广庭中，所得甘滑不可名，以泼茶煮药，皆美而有益，正尔食之不辍，可以长生。其次井泉甘冷者，皆良药也。《乾》以九二化，《坤》之六二为《坎》，故天一为水。吾闻之道士，人能服井花水，其热与石硫黄钟乳等，非其人而服之，亦能发背脑为疽，盖尝观之。又分、至日取井水，储之有方，后七日辄生物如云母状，道士谓“水中金”，可养炼为丹，此固常见之者。此至浅近，世独不能为，况所谓玄者乎？

第二十册，8382页

治内障眼

《本草》云：“熟地黄、麦门冬、车前子相杂，治内障眼有效。”屡试信然。其法，细捣罗，蜜为丸，如桐子大。三药皆难捣罗和合，异常甘香，真奇药也。露蜂房、蛇蜕皮、乱发、各烧灰存性，用钱匕，酒服。治疮口久不合，亦大效。

第二十册，8384页

治马肺法

马肺损，鼻中出脓，医所不疗。云肺药率用凉冷，须食上饮之，而肺痛，畏草所制，不敢食草。若不食而饮凉药，是速其死也，故不医。有老卒教予以芦菔根煮糯米作粥，入少许阿胶啖之，马乃敢食。食已，用常肺药，入诃黎勒皮饮之。凉药为诃子所涩于肺上，必愈，用其言信然。

第二十册,8385页

治马背鬃法

仆有一相识，能治马背鬃。有富家翁买马，值百余千，以有此病故，以四十千得之。已而置酒饮人，求为治之，酒未三行，而以正，举座大笑。其方用烹猪汤一味，暖令热浴之，其马随手即正。不复回，良久乃以少冷水洗之，此物能令马尾软细。及治焦秃，频以洗之，不月余，效极神良，秘之秘之。

第二十册,8387页

天麻煎

世传四味五两天麻煎方。盖古方，本以四时加减，但传药料耳。春肝旺多风，故倍天麻；夏伏阴，故倍乌头；秋多利下，故倍地榆；冬伏阳，故倍元参。当去皮生用，治之方，捣乌头无复毒。此常服不独去病。乃保真延年，与仲景八味丸并驱矣。

第二十册,8387页

代茶饮子

王焘集《外台秘要》，有《代茶饮子》一首云：格韵高绝，惟山居逸人乃当作之。予尝依法治服，其利鬲调中，信如所云，而其气味，乃一服煮散耳，与茶了无干涉。薛能诗云：粗官乞与真抛却，赖有诗情合得尝。又作《乌觜茶》诗云：盐损添常戒，姜宜著更夸。乃知唐人之于茶，盖有河朔脂麻气也。

第二十册,8389页

治痢腹痛法

治痢腹痛，用生姜，切如粟米大，杂茶相对烹，并滓食之，实有奇效。又用豆蔻刳作瓮子，入通明乳香少许，复以塞之，不尽，即用和面少许，裹豆蔻煨熟，焦黄为度。三物皆为末，仍以茶末对烹之，比前方益奇。

第二十册,8391页

服绢法

医博张君传服绢方，真神仙上药也。然绢本以御寒，令乃以充服食，至寒时，当盖稻草席耳？世言着衣吃饭，今乃吃衣着饭耶？

第二十册,8392页

服松脂法

脂以真定者为良，细布袋盛，清水为沸汤煮，浮水面者，以新竹罩篱掠取，投新水中；久煮不出者，皆弃不用。入生白茯苓末，不制，但削去皮，捣罗细末尔，拌匀，每日早取三钱匕，着口中，用少熟水搅嗽，仍以指如常法，熟揩齿毕，更以熟水咽之，仍以嗽吐如常法。

第二十册,8393页

书诸药法

右并于孙真人《千金方》录出。今与孙相去百四十余年，陵谷迁易，未必一一如其言，然犹庶几可寻其仿佛。俗士扰扰，岂复能究此，而山僧逸民，或有得者自服之耳，岂复能见饷哉！今因昙秀归南，为录此数纸，恐山中有能哀东坡之流落又不忍独不死者，或能为致之。果尔，便以此赠之耳。

第二十册,8395页

炼枲耳霜法

枲耳并根苗叶实，皆濯去尘土，悬阴净洒扫地上，烧为灰，澄淋取浓汁泥，连二灶炼之，俟灰汁耗，即旋取旁釜中已枲灰汁益之，经一日夜不绝火，乃渐得霜，干瓷瓶盛。每服早晚临睡，酒调一钱匕。补暖去风驻颜，不可备言。尤治皮肤风，令人肤革滑净。每净面及浴，取少许如澡豆用尤佳，无所忌。苏昌图之父从谏宜州文学家，居于邕，服此十余年，年八十七，红润轻健，盖专得此药力也。

第二十册，8396 页

服黄连法

丙子寒食日，宝积长老昙颖言：惠州澄海十五指挥使姚欢，守把阜民监。熙宁中，赵熙明知州，巡检姓申者，与知监俞懿有隙。吏士与监卒忿争，遂告监卒反，熙明为闭衙门，出甲付巡检往讨之。欢执杖立监门，白巡检以身任。监卒不反，乞不交锋，巡检无以夺，为敛兵而止。是日微欢，惠州几殆。欢今年八十余，以南安军功迁雄略指挥使，老于广州，须发不白。自言：六十岁患癣疥，周匝顶踵，或教服黄连，遂愈，久服，故发不白。其法，以黄连去头，酒浸一宿，焙干为末，蜜丸如桐子大。空心、日午、临卧，酒吞二十丸。

第二十册，8398 页

辨漆叶青黏方散

案《嘉祐补注本草》女萎条注引陈藏器云：“女萎，萎蕤”二物同传。陶云：同是一物，但名异耳。下痢方多用女萎，而此都无止泻之说，疑必非也。按女萎，苏又于中品之中出之，云主霍乱、泄痢、肠鸣，正与陶注上品女萎相会。如此即二萎功用同矣，更非二物。苏乃剩出一条。苏又云：女萎与萎蕤不同，其萎蕤一名玉竹，为其似竹；一名地节，为其有节。《魏志·樊阿传》青黏一名黄芝，一名地节，此即萎蕤，极似偏精。本功外主聪明，调血气，令人强壮。和漆叶为散，主五脏，益精，去三虫，轻身不老，变白，润肌肤，暖腰脚。唯有热不可服。晋嵇绍有胸中寒痰，每酒后苦唾，服之得愈。草似竹，取根、花、叶阴干。昔华佗入山，见仙人服之，以告樊阿，服之百岁。

右予少时读《后汉书》《三国志》华佗传，皆云：佗弟子樊阿"从佗求可服食益于人者，佗授以漆叶青黏散。漆叶屑一升，青黏屑十四两，以是为率，言久服去三虫，利五藏，轻体，使人头不白。阿从其言，寿百余岁。漆叶处所而有，青黏生于丰、沛、彭城及朝歌。"《魏志注》引《佗别传》云："青黏，一名地节，一名黄芝，主理五脏，益精气。本处于陕，入山者，见仙人服之，以告佗。佗以为佳，辄语阿，阿大秘之。近者人见阿之寿而气力强盛，怪之，遂责阿所服，因醉乱误道之。法一施，人多服者，皆有大验。"而《后汉书》亦引《佗别传》，同此文，但"黏"字书"黏"字，"相传音女廉反，然今人无识此者，甚可恨惜"。吾详佗文"恨惜不识别"之语，乃章怀太子贤所云也。吾性好服食，每以问好事君子，莫有知者。绍圣四年九月十三日，在昌化军，借《嘉祐补注本草》，乃知是女萎，喜跃之甚，登即录之。但恨陶隐居与苏恭二论未决。恭唐人，今《本草》云唐本者，皆恭注也。详其所论。多立异，又殊喜与陶公相反几至于骂者。然细考之，陶未必非，恭未必是。予以谓隐居精识博物，可信，当更以问能者。若青黏便是萎蕤，岂不一大庆乎？过当录此以寄子由，同讲求之。

第二十册，8399 页

苍术录

黄州山中，苍术至多。就野人买之，一斤数钱耳。此长生药也。人以其易得，不复贵重，至以熏蚊子。此亦可以太息。舒州白术，茎叶亦皆相似，特花紫耳，然至难得，三百一两。

其效止于和胃气，去游风，非神仙上药也。

第二十册，8404 页

海漆录

吾谪居海南，以五月出陆至藤州，自藤至儋，野花夹道，如芍药而小，红鲜可爱，朴樕丛生，土人云："倒粘子花也。"至儋则已结子如马乳，烂紫可食，殊甘美。中有细核，嚼之瑟瑟有声，亦颇苦涩，童儿食之或大便难通。叶皆白，如白苇状。野人夏秋痢下，食叶辄已。海南无柿，人取其皮，剥浸揉搁之，得胶以代柿，盖愈于柿也。吾久小便白胶，近又大腑滑，百药不差。取倒粘子嫩叶酒蒸之，焙燥为末，以酢糊丸，日吞百余，二腑皆平复，然后知其奇药也。因名之曰海漆而私记之，以贻好事君子。明年子熟，当取子研滤，酒煮为膏以剂之，不复用糊矣。戊寅十一月一日记。

第二十册，8405 页

墓头回草录

王屋山有异草，制百毒。能于鬼手夺命，故山中人谓此草墓头回。蹇葆光托吴远游寄来。吾闻兵无刃，虫无毒，皆不可任，若阿罗汉永断三毒，此药遂无所施耶。

第二十册，8407 页

益智录

海南产益智花，实皆长穗，而分二节。其实熟否，候岁之丰歉。其下节以候早禾，其上中亦如之。大吉则实，大凶之岁，则皆不实。盖罕有三节并熟者，其为药治气止水，而无益于智，智岂求之于药香乎？其得此名者，岂以知岁邪？今日见儋耳黎子云言，候之审矣，聊复记之，以俟后日好事补注《本草》者。

第二十册，8409 页

苍耳录

药至贱而为世要用，未有如苍耳者。他药虽贱，或地有不产。惟此药不为间南北夷夏，山泽、斥卤、泥土、沙石，但有地则产。其花叶根实皆可食。食之则如药，治病无毒，生熟丸散无适不可，愈食愈善，乃使人骨髓满，肌如玉，长生药也。主疗风痹瘫痪，癃疟疮痒，不可胜言，尤治瘿金疮，一名鼠黏子，一名羊负来。《诗》

谓之卷耳，《疏》谓之耳，俗谓之道人头，海南无药，惟此药生舍下，迁客之幸也。已卯二月望日书。

第二十册，8411 页

荨草录

杜甫诗有除荨草一篇，今蜀中谓之毛琰，毛芒可畏，触之如蜂虿。然治风疹，择最先者，以此草点之，一身皆失去，叶背紫者入药。杜诗注云："荨，音潜，山韭也。"

第二十册，8412 页

四神丹说

熟地黄、玄参、当归、羌活各等分。右捣为末，蜜和丸，梧桐子大，空心（腹）酒服，丸数随宜。《列仙传》："有山图者，入山采药，折足，仙人教服此四物而愈。因久服，遂度世。"顷余以问名医康师孟，大异之，云："医家用此多矣，然未有专用此四物如此方者。"师孟遂名之曰"四神丹"。洛下公卿士庶争饵之，百疾皆愈，药性中和，可常服。大略补虚益血，治风气，亦可名"草还丹"。已卯十一月八日，东坡居士儋耳书。

第二十册，8413 页

治暴下法

欧阳文忠公常得暴下，国医不能愈，夫人云："市人有此药，三文一贴，甚效。"公曰："吾辈其方，久之乃肯传。但用车前子一味为末，米饮下二钱匕。云：此药利水道而不动气，水道利则清浊分，谷脏自止矣。"

第二十册，8415 页

菱芡桃杏说

今日见提举陈贻叔，云："舒州有医人李惟熙者，为人清妙，善论物理云：菱芡皆水物，菱寒而芡暖者，菱开花背日，芡开花向日故也。又云：桃杏双仁辄杀人者，其花本五出，六出必双。旧说草木花皆五出，惟栀子与雪花六出，此殆阴阳之理。今桃杏之双仁皆杀人者，失常故也。木实之蠹者，必不沙烂，沙烂者必不蠹，而能浮者亦杀人。”余尝考其理，既沙烂散，则不能蕴蓄而生虫，瓜至甘而不蠹者，以其沙也。此虽本事，亦理有不可欺者。

第二十册，8419 页

记惠州土芋

岷山之下，凶年以蹲鸱为粮。不复疫疠，知此物之宜人也。《本草》谓芋土芝，云益气充饥。惠州富此物，人食者不免瘴。吴远游曰，此非芋之罪也。芋当去皮，湿纸包煨之，火过熟，乃热啖之，则松而腻，能益气充饥。今惠州人，皆和皮水煮，冷啖，坚顽少味，其瘴固宜。丙子除夜前二日，夜饥甚，远游煨芋两枚见啖。美甚，乃为书此帖。

第二十册，8428 页

记海南菊

菊，黄中之色，香味和正，花叶根实皆长生药也。北方随秋之早晚。大略至菊，有微霜乃开，独岭南不然，至冬至乃盛发。岭南地暖，百卉造作无时，而菊独开后，考其理，菊性介，然不与百卉盛衰，须霜降乃发。而岭海常以冬至微霜故也。其天姿高洁如此，宜其通仙灵也，吾在南海，艺菊九畹，以十一月望，与客泛菊作重九。书此为记。

第二十册，8431 页

金谷说

吾尝求地蕲水，田在山谷间，投种一斗，得稻十斛。问其故，云：连山皆野草散水，不生五谷，地气不耗，故发如此。吾以是知五谷耗地气为最甚也。王莽末，天下旱蝗，黄金一斤易粟一斛。至建武二年，野谷旅生，麻菽尤盛。野蚕成茧，被于山泽，人收其利，岁以为常。至五年，谷渐少而农事益修，盖久不生谷，地气亡所耗，蕴蓄日久，发而为野蚕旅谷。其理明甚。庚辰正月六日，读《世祖本纪》，书其事以为卫生之方。地不生草木者多产金锡珠贝，亦此理也。

第二十册,8433页

漱茶说

除烦去腻，世不可阙茶。然暗中损人，殆不少。昔人云："自茗饮盛后，人多患气，不复病黄，虽损益相半，而消阳助阴，益不偿损也。"吾有一法，常自珍之。每食已，辄以浓茶漱口，烦腻既去，而脾胃不知。凡肉之在齿间者，得茶浸漱之，乃消缩不觉脱去，不烦挑刺也。而齿便漱濯，缘此渐坚密，蠹病自已。然率皆用中下茶，其上者自不常有，间数日一啜，亦不为害也。此大是有理，而人罕知者。故详述云。元祐六年八月十三日。

第二十册,8445页

记故人病

元丰六年十月十二日夜，一鼓后，故人有得风疾者，急往视之，已不能言矣。死生阴阳之争，其苦有甚于刀锯木索者。余知其不可救，默为祈死而已。呜呼哀哉，此复何罪乎！酒色之娱而已。古人去："甘嗜毒，乐戏猛兽之爪牙。"岂虚言哉！明日见一少年，以此戒之。少年笑曰："甚矣，子之言陋也。色固吾之所好，而死生疾痛非吾之所怖也。"余曰："有行乞于道偃而号曰：'遗我一盂饭。'吾今以千斛之粟报子，则市人皆掩口笑之。有千斛之粟，而无一盂之饭，不可以欺小儿，怖生于爱，子能不怖死，生而犹好色，其可以欺我哉！"今世之为高者，皆少年之徒也。戒生定，定生惠，此不刊之语也。如有不从戒、定生者，皆妄也，如惠而实痴也，如觉而实梦也。悲夫!

第二十册,8464 页

记子由言修身

子由言：有一人死而复生，问冥官：“如何修身，可以免罪?”答曰：“子且置一卷历，书日之所为，暮夜必记之。但不可记者，是不可言不可作也。无事静坐，便觉一日似两日，若能处置此生，常似今日，得至七十，便是百四十岁。人世间何药可能有此奇效：既无反恶，又省药钱。此方人人收得，但苦无好汤使，多咽不下。”元祐七年四月二十五日。

第二十册,8466 页

记张君宜医

近世医官仇鼎，疗痈肿为当时第一，鼎死，未有继者。今张君宜所能，殆不减鼎。然鼎性行不甚纯淑，世或畏之。今张君用心平和，专以救人为事，治过于鼎远矣。元丰七年四月七日。

第二十册,8469 页

与张安道二首

之　一

轼顿首再拜少师先生丈丈执事。秋冷，窃惟道体胜常。轼蒙免如昨，穷约愈久，念道渐熟，常佩至言，不敢失坠。今年春夏微疾，遂杜门谢客，而传者过实，以为左右忧。入秋来殊佳健，于道虽未有得，而异时浮念杂好，殆灰灭矣。先生丈丈愍其有意于此，当时发乐乎？王郎北归，慰喜可量，恨不得助举一觞耳。忧喜过人，何翅电露，欲寻王郎初别时意味，岂复有丝毫在者。则今日会合之喜，又与造物皆逝矣。近者孙馨宣德赴偃师，托寄带拜二簟去，不审达未？已令儿子往荆南买一官庄，若得之，遂为楚郢间人矣。每念违去几杖，瞻奉无期，未尝不临风嗟惋。万一天恩放停逐，便当不远千里见先生。今有少肯干求，不罪！不罪！轼于门下至厚，先生有金丹奇药，而不以数粒见分，实未免耿耿。若遂其请，谨藏之耳，未敢服也。舍弟在筠甚安，望其牵复解去，得相聚少时。近以公事为一卒所怒，捃摭百端，虽未见可以害渠者，然已滞牵复矣。行止饮啄，非复人事，亦不能念之也。厚之奉议，且在左右否？先生迩来复有几孙？岁行晚，江淮风物凄紧，坐念齐阁萧然，黄花白酒，有与共者乎？乍冷，惟乞万万为国自重。闲居乏人，止用手启，信笔不觉满纸，惶悚！惶悚！谨附承动静，不宣。从表侄苏轼顿首再拜少师先生丈丈执事。八月二十日。

第二十册，8527 页

与某宣德书一首

蒙遣人致金五两、银一百五十两为赙仪。自黄迁汝，亦蒙公厚饷，当时邻于寒殍，尚且辞避，今忝近臣，尚有余沥，未即枯竭，岂可冒受。又恐数逆盛意，非朋友之义。辍已移杭州，作公意舍之病坊，此盖某在杭日所置，今已成伦理，岁收租米千斛，所活不赀。故用助买田，以养天民之穷者。此公家家法，故推而行之，以资公之福寿，某亦与有荣焉。想必不讶，至于感佩之意，与收之囊中，了无异也。

第二十册，8543 页

与庞安常一首

轼启。适恰遣人奉启，辱教，且审起居佳胜。召食固当依命，为章宪在武昌见候，轼来日又齐素，必难趋赴，且望恕察。晚当拜见，忽忽奉启，不一。轼再拜安常处士足下。

第二十册，8566 页

与钱穆父二十九首

之 十

久不奉书，忽辱教字并次公具道盛意，并增感怍。比日起居佳胜，两邦相望，衰拙自知，常有绝尘之叹。惟腰脚蹒跚，略不相让，可以一笑也。近亦渐平复，惟用温补药，颇觉宜人。闻公每用朴消、大黄，昼夜洞下乃愈，此岂卫生之计哉！愿于不发时，常进一温平药，令不发为佳。然已发，想亦非下不愈也。无由面尽，临纸惘惘。

之十一

专人来，辱书，且审比日起居清胜。知暂在告，想无苦恙，聊欲闭阁宴坐耳。求紫雪，纳五两去。尚有数两，不欲多驰去。中年岂宜数进此药乎？相望虽咫尺，所欲言者，非笔舌可究。时登中和东庑望西兴，屋瓦可数，相思何穷。子由本欲请外觐得公处，今又北扉，此殆谬悠矣。公简上心岂能久外耶？余热，千万为国自重，不宣。

第二十册，8575 页

与王文玉十二首

之 二

昨辱教，不即答，悚息！悚息！经宿尊体佳胜，见召，敢不如命。然疮疖大作，殆难久坐，告作一肉饭，竟日移舟池口矣。山妇更烦致名剂，某感戴不可言。谨奉启布谢，不宣。

第二十册，8589 页

之 三

久留治下，以道旧为乐，而烦乱为愧。数日，尊体如何？漕车即至，不少劳乎！永日如年，念公盛德不去心。所要作字，为疮肿大作，坐卧楚痛，容前路续寄也。不罪！不罪！郑令清苦无援，非公谁复成就之。某造次！造次！疮病无聊，不尽意，惟万万以时自重。

之　四

昨辱惠书，伏承别后起居佳胜。某到金陵，疮毒不解，今日服下痢药，羸乏殊甚，又不敢久留来人，极愧草略。余热，万万为时自重。

第二十册,8590 页

与苏子容四首

之　三

向来罪谴皆自取，今此量移之命，已出望外。重承示谕，感愧增剧。以久困累重，无由陆去，见作舟行，沂洛夏末可到也。公所苦，想亦不深，但庸医不识，故用药不应耳。蕲水人庞安时者，脉药皆精，博学多识，已试之验，不减古人。度其艺，未可邀致，然详录得疾之因，进退之候，见今形状，使之评论处方，亦十得五六。可遣人与书，庶几有益。此人操行高雅，不志于利，某颇与之熟，已与书令候公书至，即为详处也。更乞裁之，仍恕造次。

第二十册,8597 页

与友人一首

疾疫方行，家人皆病，老躯亦自昏惫也。儿子方合药救疗。不果往见许君，且为致意。疲倦，不别简，不罪！不罪！

知几日成行？已迁舟未？轼又白。

第二十册,8609 页

与王仲志三首

之　二

雨凉，台候万福。景文奏状草子拜呈。如可用，即乞令人写净示下，同签发去。若有不稳便，一面改抹也。老妻病已革矣，忧闷，奈何！

第二十册,8619 页

与友人一首

寄示墨竹、草圣，皆极妙。所谓亹亹逼人。示长生匮法，仆亦传得此方久矣，但未暇养练，常有从理入口之忧，所谓面上桑叶气，非所患也。松滋王令，邂逅一见，好学佳士也。适值数亲冗迫，未暇详悉。续附递次，不宣。轼顿首。

墨竹与石，近又变格，别觅便寄去次。

第二十册,8642页

与友人一首

承寄手教，疑昔者天涯流落之语，真可怪也。然此等亦不足深考，事亦有偶然如此者。公旧传草匮子用栗蓬者，近辄失其本。告别录示下，或有已成药末，告求一二斤，尤佳。聊复为戏耳。此间多道人，于养生之术，亦粗有得。非面莫能尽也。轼再拜！

第二十册,8647页

与子明九首

之　三

轼启。因循久不奉状，亦多时不捧来诲，倾系殊深。即日远想尊体佳胜，侄儿女各无恙。乡人到者，皆言兄临政，精美之誉，甚慰想望。轼此并安常。昨五月生者婴儿，名叔寄，甚长进。子由在陈州安，八月中生一女，名宛娘，必已知之。曾托石嗣庆秘校附书并公服缎必达。兄去替更只半年，必且为东上之计，不知会于何处？轼自到阙二年，以论事方拙，大忤权贵，近令南床掊摭弹劾，寻下诸路体谅，皆虚，必且已矣。然孤危可知。春间，必须求乡里一差遣，若得，则拜会不远矣。忠义古今所难，得虚名而受实祸。然人生得丧皆前定，断置已久矣，终不以此屈。远书，不敢覼缕，略报免忧耳。冬寒，千万善保珍重，不备。弟轼再拜都曹子明兄、县君二嫂左右。十月二十八日。

第二十册，8656页

与亲党一首（残）

勿使常医弄疾。

第二十册，8670页

蜀名医张玄隐（残）

人有杨颖臣者，□□多溺□□，医以为消中消渴，久治不效□□□为死矣。有张生者，失其名，其父玄隐，故蜀名医也。诊其脉，曰："子几□已。"取麝香一剂，破取当门子，点少蜜，作数丸，以枳枸子椎破，煎汤下之。一服，渴止。再服，遂愈。或问其说，张云："诊其脉，非消渴也，乃酒与瓜果浮为虚热，以涨其脾耳。酒与瓜果皆畏麝，佩麝以种瓜果，皆不□，而枳枸败酒有验，种其木屋隅，□其□□屋其下，酒皆不熟，此……"

第二十册，8768页

书药房赠民某君

药房有兵部手集者，唐宰相李公绛所编，方无不验者。疗折伤骨破碎，或五藏内损垂死者，用生地黄捣取自然汁，和热酒服之，骨破碎者，自大便下，复生新骨补故处；有瘀血者，立取下及平复。云天设此法，以救人命。地黄渍以酒和，傅伤破或肿处。予在儋耳，民有相殴内损者，不下粥饮，且不能言。予以家传接古丹疗之，乃能言。又以南岳活血丹授之，下少黑血，乃能食，然尚呻号不能转动也。小圃中有地黄，然地瘠，根细如发，乃并叶捣治，饮、傅之，取血块升余，遂能起行。此人与进士黎先觉有亲，乃书以授之，使多植此药，以救人命。戊寅十二月五日。

第二十册，8769页

脉 说

俗降久矣，虽巫医百工之事亦不竞。甚神而圣者，吾不得而见之矣，得见工巧者斯可矣。去脉也者，气血之几也，合阴阳之合，顺四时之宜，以其不病形彼之病，故曰全神守气，听于眇微，决死生期，德如蓍龟。

……中虚则天母膠于先，物物自然，是谓上玄。盖医家之所当事，而亦岂可以易易能也。

第二十册，8769页

与方南圭十四首

之 四

轼启。闻买白术不得，儿归，令于筐中搜得半斤，纳上。又有虾、鱼、紫菜数品，同为献。不罪！不罪！轼再拜南圭使君阁下。二十八日。

之 五

轼启。昨日幸陪胜游，信宿起居佳否？远信寄墨二丸，试之，膠清烟细，似非凡品，故分献其一。东海白术，亦纳少许。又有枣柿一合，漫驰上，不罪，不罪。轼再拜南圭使君阁下。正月晦。

第二十册，8846页

与友人一首

轼顿首顿首。自拜违后，老妇卧病，竟不起。临老遇此灾，怀抱可知。摧剥衰羸，殆不能支。曲蒙仁念，特赐慰问，伏读感怆。本乞会稽，今乃愈北，牢落可量。冗迫中，不尽区区，但恃知照而已。

第二十册，8860页

录所作海上道人传以神守气诀示张子野并跋

“但向起时作，还于作处收。蛟龙莫放睡，雷雨却须休。为有无穷火，长资不尽油。夜深人散后，惟此一灯留。”丁丑正月十九，录示子野，向尝论其详矣。

第二十册，8881 页

参考文献

[1]〔宋〕苏轼．苏轼诗集：全八册[M]．王文诰，辑注．孔凡礼，点校．北京：中华书局，1982.

[2]〔宋〕苏轼．苏轼文集：全六册[M]．孔凡礼，点校．北京：中华书局，1986.

[3]朱自清．宋五家诗钞[M]．上海：上海古籍出版社，1981.

[4]曾枣庄．苏轼评传[M]．成都：四川人民出版社，1981.

[5]王水照．苏轼选集[M]．上海：上海古籍出版社，1984.

[6]〔宋〕苏轼．苏轼全集：全三册[M]．傅成，穆俦，标点．上海：上海古籍出版社，1999.

[7]谢桃坊．苏轼诗研究[M]．成都：巴蜀书社，1987.

[8]王水照．宋人所撰三苏年谱汇刊[M]．上海：上海古籍出版社，1989.

[9]孔凡礼．苏轼年谱[M]．北京：中华书局，1998.

[10]〔宋〕苏轼．全宋笔记[M]．朱易安，汇编．郑州：大象出版社，2003.

[11]〔宋〕苏轼．苏轼词编年校注[M]．邹同庆，王宗堂，校注．北京：中华书局，2003.

[12]王水照，朱刚．苏轼评传[M]．南京：南京大学出版社，2004.

[13]林语堂．苏东坡传[M]．海口：海南出版社，2001.

[14]张志烈，马德富，周裕锴．苏轼全集校注[M]．石家庄：河北人民出版社，2010.

[15]〔宋〕苏轼．东坡养生集[M]．王如锡，辑．北京：中华书局，2011.

[16]〔宋〕苏轼，沈括．苏沈良方[M]．上海：上海科学技术出版社，2001.

[17]黄帝内经[M]．姚春鹏，译注．北京：中华书局，2010.